Collection Contes et Légendes dirigée par Elisabeth Gilles Sebaoun

GUDULE

CONTES ET LÉGENDES DE LA PEUR

Illustrations de Emmanuelle Houdart

NATHAN

I

La Petite Fille sans tête

Entendez-vous dans la plaine
Ce bruit venant jusqu'à nous ?
On dirait un bruit de chaînes
Se traînant sur les cailloux.
C'est le grand Lustucru qui passe
Qui passe et repassera
Emportant dans sa besace
Tous les petits gars qui ne dorment pas.

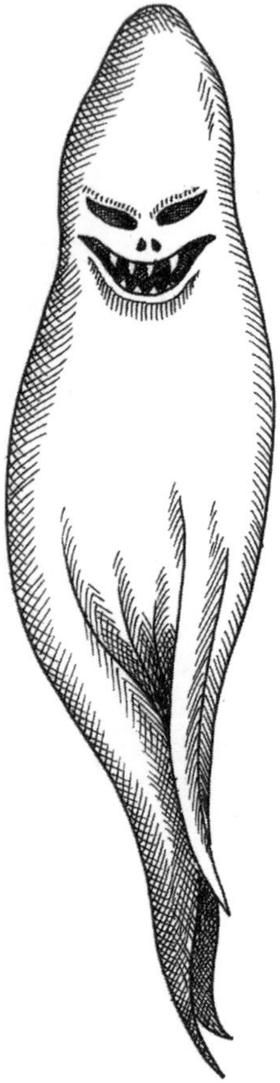

Que d'enfants ont tremblé, le soir, à la veillée, en écoutant ce refrain ! Lorsque la lune éclaire de ses rayons blafards les rochers que creuse la mer, ressac après ressac... Lorsque la campagne déserte se peuple de chimères : esprits, fantômes, ogres, korrigans... Lorsque, dans les chaumières bien closes, les lueurs mouvantes du foyer dansent sur les visages et que la voix des vieilles chevrote dans la nuit...

Que d'enfants ont senti, entre leurs omoplates, passer le frisson glacé de la peur !

Blottis l'un contre l'autre dans le grand lit bateau[1], Yorrick et Jeannette cherchaient en vain le sommeil. Depuis longtemps, déjà, la maison s'était tue. Leur mère et leur grand-mère avaient gagné les chambres où elles couchaient seules, étant veuves de marins. Un silence angoissant remplaçait les rumeurs

1. Lit bateau : lit très en vogue au siècle dernier, généralement en acajou, et dont la forme évoque celle d'un bateau.

domestiques parvenant en journée de la cuisine.

Minuit sonna à l'horloge du clocher.

– Yorrick, tu dors ? murmura doucement Jeannette.

– Non, et toi ?

– Moi non plus... N'entends-tu pas ce gémissement étrange ?

Yorrick tendit l'oreille.

– N'aie crainte, ce n'est que le vent qui mugit dans les branches.

Apaisée, Jeannette ferma les yeux, mais les rouvrit tout aussitôt, car un hurlement affreux s'élevait dans le lointain.

– Et ça, qu'est-ce que c'est ?

– Un chien errant, ne t'inquiète pas...

Soudain, un pas pesant martela le sol, autour de la maison.

– Et ça, qu'est-ce que c'est ?

– Juste un voyageur égaré, rassure-toi...

Trois coups sourds ébranlèrent la porte. Jeannette se mit à grelotter.

– Et ça, qu'est-ce que c'est ?

– Sans doute le voyageur qui demande asile...

L'assurance de Yorrick n'était qu'apparente. Il se serra contre sa sœur, et les deux enfants guettèrent en retenant leur souffle.

Un frôlement dans la pièce voisine leur apprit que leur mère s'était levée, puis ils l'entendirent crier par la fenêtre :

– Qui est là, et que voulez-vous ?

Une voix grave monta des profondeurs de l'ombre.

– Je suis le grand Lustucru. Y a-t-il dans cette demeure des enfants éveillés, malgré l'heure tardive ?

– Point du tout ! Passez votre chemin, méchant homme, vous n'avez rien à faire ici !

Mais Lustucru était d'un naturel méfiant.

– Je veux m'en assurer moi-même ! Ouvrez ou je défonce la porte !

À contrecœur, la veuve le laissa entrer.

Lorsqu'il pénétra dans la chambre des

enfants, ceux-ci feignaient de dormir profondément. Il se pencha sur eux et les observa avec attention. Or, si Yorrick, malgré sa terreur, maîtrisait sa respiration, lui donnant l'apparence paisible du sommeil, sa sœur, en revanche, tremblait comme une feuille. Ce détail n'échappa pas à l'œil perçant de Lustucru.

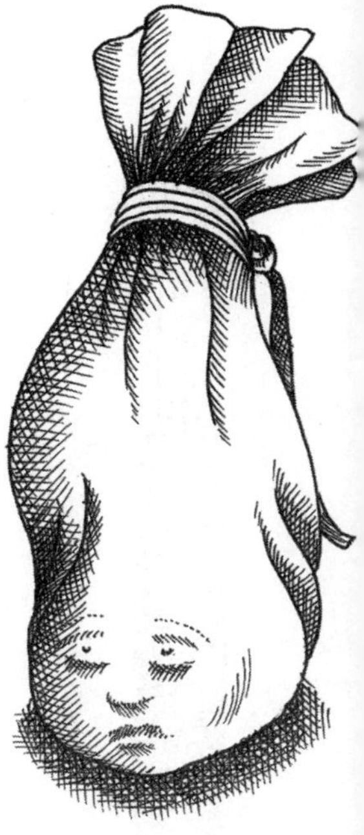

– Cette petite fille ne dort pas, elle fait semblant ! décréta-t-il, avec un ricanement funeste.

La veuve se signa.

– Jésus, Marie, Joseph, ce n'est pas Dieu possible ! Que va-t-il donc lui arriver ?

– J'emporterai sa tête dans mon grand sac.

– Et qu'en ferez-vous ?

– J'en garnirai les statues des églises, que la Révolution[1] a décapitées.

---

1. Lors de la Révolution de 1789, les statues des églises furent décapitées par les révolutionnaires, afin de bien marquer la séparation de l'Église et de l'État.

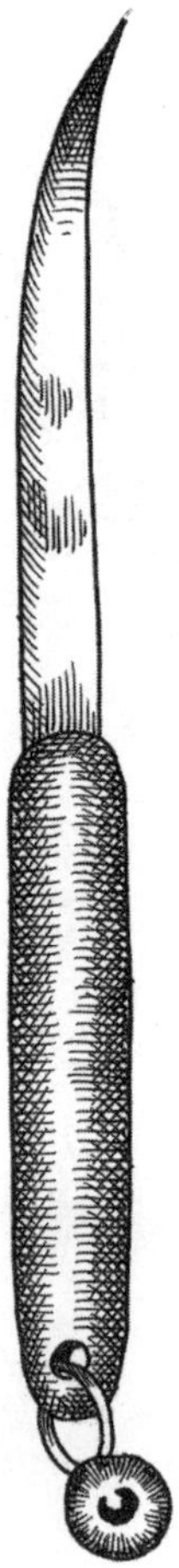

À ces mots, Jeannette, épouvantée, poussa des cris stridents en se cramponnant à son frère. Yorrick lui fit un rempart de son corps, la mère également. La grand-mère, accourue au bruit, se traîna à genoux pour qu'on épargne sa « p'tiote », offrant son propre cou à la lame du couteau. Peine perdue : en dépit de leurs larmes et de leurs supplications, Lustucru arracha la tête de la petite fille, la mit dans son grand sac, et s'en alla dans la nuit noire.

À peine eut-il disparu que Yorrick sauta du lit et, sur le cadavre mutilé de sa sœur, fit ce serment solennel :

– Par le Christ en croix et tous les saints du paradis, je retrouverai la tête de Jeannette ! Et, dussé-je y passer le restant de mes jours, je la ramènerai !

Dès l'aube, il dit adieu à sa famille en pleurs, prit son baluchon, un quignon de pain sec, une bouteille de cidre, et se mit en route.

Ses pas le menèrent à l'église du village.

Mais il eut beau examiner toutes les statues décorant l'autel – et en particulier celles des angelots qui sont, dit-on, les âmes des enfants morts avant leur communion –, aucune ne ressemblait à Jeannette.

En revanche, il lui sembla bien reconnaître, en la personne d'un petit saint Jean-Baptiste, Erwan, le fils du forgeron, soi-disant décédé de maladie quelques mois plus tôt. Et les Saints Innocents, à genoux dans leur niche, lui rappelèrent étrangement Corentin et Loïk, les jumeaux de la ferme voisine, mystérieusement disparus un an auparavant.

Fort troublé par ces découvertes, Yorrick poursuivit son chemin, écumant toutes les églises, chapelles, sanctuaires et cathédrales, des Côtes d'Armor jusqu'au Finistère. Mais en vain. La tête de Jeannette demeurait introuvable.

Le découragement le gagnait lorsqu'il parvint dans la ville de Quimper.

C'était jour de procession. Une atmosphère

de liesse régnait dans les rues. Des bannières étaient accrochées aux fenêtres et, sur le passage du cortège, les fidèles jetaient des pétales de roses.

– Que se passe-t-il ? s'enquit Yorrick.

– On fête la petite sainte qui pleure, lui fut-il répondu.

Porté par quatre hommes, un dais[1] de brocart et d'or fendait la foule. À cette vue, le cœur de Yorrick se mit à battre. Car sous ce dais...

... Sous ce dais, une statue était assise. Elle portait une colombe dans la main droite, un sceptre dans la main gauche. De longs cheveux sombres couvraient ses épaules, et ses joues étaient baignées de larmes.

Or, dans ce visage éploré, Yorrick reconnut les traits chéris de sa sœur.

– Jeannette, c'est toi ? s'écria-t-il, en proie à une vive émotion.

---

1. Dais : baldaquin de bois ou de tissu soutenu par quatre montants au-dessus d'un trône, d'un autel ou d'une statue, notamment dans les processions religieuses.

Les larmes de la statue redoublèrent.

– Hélas, mon frère bien-aimé, je suis prisonnière à jamais de ce corps de bois, sur lequel Lustucru a fixé ma tête.

En entendant parler leur petite sainte, les fidèles crièrent au miracle. Yorrick, pour sa part, lui tendit les bras.

– Sèche tes yeux, ma sœur chérie, car je vais te ramener chez nous, où notre mère et notre grand-mère t'attendent.

– Il est trop tard, hélas, soupira la statue. Je n'appartiens plus au monde des vivants. Mais va, mon cher Yorrick. Rentre au pays, enterre mon corps décapité, et sur ma tombe, grave cette épitaphe :

Dormez, cœurs purs, dormez,
du soir jusqu'au levant
Dormez, dormez sans trêve
Car seuls les jolis rêves
Des tourments de la nuit préservent
les enfants.

Ainsi fut fait. Depuis ce jour, dit-on, les enfants de Cornouaille se couchent docilement dès que paraît la lune. Et si, d'aventure, l'un d'eux se réveillait aux abords de minuit, il entendrait s'élever d'horribles gémissements dans la campagne obscure. Qu'il referme alors bien vite les yeux, car...

... C'est le grand Lustucru qui pleure
Qui pleure et bientôt rira
Emportant dans sa demeure
Tous les petits gars qui ne dorment pas.
Et lon lon la, et lon lon la,
Et lon lon la lire la lon la
La lon la[1].

1. *La Ballade du grand Lustucru*, de Théodore Botrel (1868-1925), surnommé « le barde breton ».

II

Le Festin du squelette

Il faisait nuit noire. Martin, ayant vidé nombre de chopines avec ses amis, s'en retournait chez lui légèrement éméché.

« Si je traversais le cimetière ? se dit-il en chemin. C'est un raccourci et ma route est longue. »

Sitôt pensé, sitôt fait. Martin – qui ne craignait ni Dieu ni Diable, et encore moins les défunts ! – s'engagea d'un pas allègre dans les allées bordées de monuments funéraires. Il cheminait entre les tombes en sifflotant joyeusement, quand sa chaussure heurta un obstacle imprévu.

« Qu'est-ce donc ? » se dit-il, en se penchant vers le sol avec curiosité.

À la lueur de la lune, il reconnut un tibia.

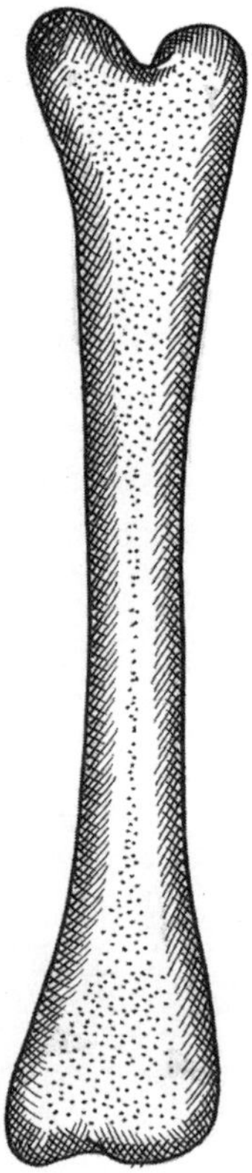

– Bah, ce doit être un chien qui l'aura laissé là, après l'avoir rongé ! s'exclama-t-il, en repoussant l'os d'un coup de pied.

Aussitôt, une voix sépulcrale s'éleva derrière lui.

– Voulez-vous bien me rendre ma jambe, misérable !

Surpris, Martin se retourna. Assis sur une pierre tombale, un squelette le regardait fixement.

N'importe qui, dans ces circonstances, se fût enfui ventre à terre. Mais la boisson rend audacieux, et le jeune homme était d'un naturel frondeur[1]. Si bien que, loin de manifester le moindre effroi, il salua poliment l'apparition.

1. Frondeur : provocateur.

– Veuillez me pardonner ma maladresse, s'excusa-t-il. Et afin qu'aucun grief ne subsiste entre nous, faites-moi donc l'honneur de dîner chez moi, demain soir.

L'invitation était si joliment tournée que l'offensé accepta.

Lorsque Martin annonça à sa femme qu'il avait convié un squelette à sa table, elle entra dans une grande colère.

– Moi vivante, aucun mort ne franchira le seuil de cette maison ! s'écria-t-elle.

Une dispute s'ensuivit, à la suite de quoi la dame fit ses bagages et rentra chez sa mère. Son mari se retrouva donc seul devant les fourneaux, lui qui ne savait même pas faire cuire un œuf mollet.

Martin n'était pas homme à se laisser abattre pour si peu.

« Qu'importe, se dit-il. Ce que femme est capable d'accomplir, je le suis aussi ! »

Et il se mit vaillamment à l'ouvrage.

Lorsqu'au crépuscule, le squelette arriva,

les plats fumaient sur la table. Martin lui offrit son fauteuil le plus confortable, son meilleur vin, et tous deux trinquèrent comme de vieilles connaissances.

Le squelette s'avérant de bonne compagnie et d'aimable conversation, la soirée fut fort gaie. Un détail, néanmoins, tracassa Martin tout au long du repas : au lieu d'absorber les aliments, son hôte, discrètement, les laissait glisser sous la table où les chiens se chargeaient de les faire disparaître.

« Ma cuisine est-elle à ce point détestable que seuls des corniauds[1] la trouvent à leur goût ? se demandait-il. Si c'était le cas, j'en mourrais de honte... »

Il feignit cependant de ne rien remarquer, et les deux convives se quittèrent à l'aube, sur la promesse de se revoir la nuit suivante.

– Cette fois, c'est vous qui viendrez chez moi ! précisa le squelette, en reprenant cahin-

1, Corniaud : chien bâtard en langage populaire.

caha le chemin du cimetière.

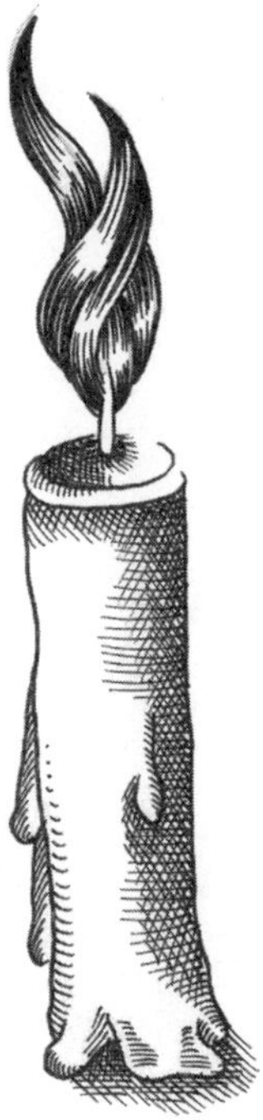

Le lendemain soir, donc, Martin se rendit chez son nouvel ami. On le reçut dans un caveau qui, pour la circonstance, était décoré de cierges et de couronnes mortuaires. Autour d'une vaste dalle garnie d'un suaire, où le couvert avait été dressé, quelques morts devisaient. Certains, récemment décédés, avaient le visage blême et le regard vitreux. D'autres, plus anciens, étaient parcheminés et secs comme des momies. Mais la plupart d'entre eux se composaient d'un simple assemblage d'os, avec deci-delà quelques lambeaux de chair retombant en poussière.

Au dernier coup de minuit, l'on apporta le festin. Le menu en était alléchant, la chère copieuse et variée. Martin, ayant fort peu dîné la veille, se servit donc généreusement. Mais comme il portait la fourchette à ses lèvres, un doute le saisit.

« Et si je m'étais trompé ? pensa-t-il en un éclair. Si ce n'était pas par dégoût que le squelette ait boudé mon repas, mais par tact ? Les traditions des défunts sont sûrement différentes des nôtres, et je ne voudrais pas commettre de bévue... »

Quoi qu'il lui en coutât, il s'abstint donc de manger, se contentant, ainsi que l'avait fait son invité la veille, de laisser tomber les aliments par terre. Bien lui en prit, car à la fin du banquet, le squelette s'adressa à lui en ces termes :

– Tu m'as imité, mon ami, et cela vient de te sauver la vie. Car ce qui est bon pour les morts ne l'est guère pour les vivants, et une seule bouchée de ces mets t'eût détruit dans l'instant. Maintenant, va, retourne chez toi et oublie ce que tu as vu ici. Les ripailles d'outre-tombe ne sont pas encore pour toi...

Martin s'empressa d'obéir, mais comme il tournait les talons, une question lui vint à l'esprit :

– La cuisine des vivants est-elle également déconseillée aux morts ? s'enquit-il.

– Non, répondit le squelette.

– Alors, pourquoi ne pas avoir fait honneur à la mienne ?

Le squelette se mit à rire.

– Elle était infecte et je suis gastronome. Eût-elle été meilleure, je m'en fusse régalé !

« Ainsi donc, raisonna Martin, si ma femme ne s'était pas fâchée, elle aurait préparé un délicieux repas. Le squelette y aurait goûté avec grand appétit. Moi, à son exemple, j'aurais savouré de bon cœur le festin que voici, et... et... »

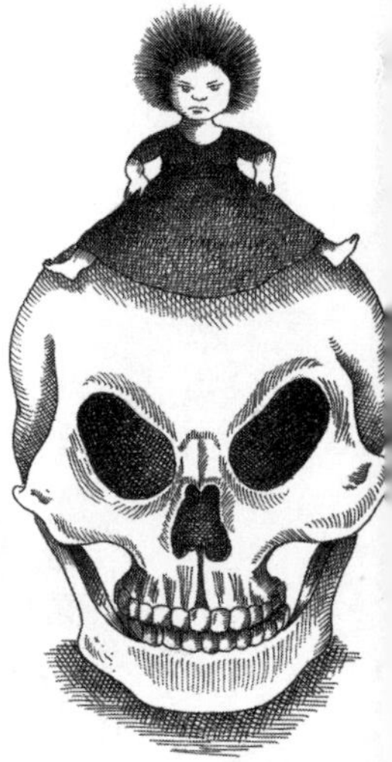

Une peur rétrospective fit grelotter le pauvre homme.

« ... ET JE NE SERAIS PLUS DE CE MONDE ! »

Alors, tombant à genoux, il bénit Dieu de lui avoir donné une épouse acariâtre, car ce mauvais caractère venait de lui sauver la vie.

III

L'OGRE DU BOIS-MINUIT

EN CE TEMPS-LÀ, les princes-évêques[1] régnaient sur la province de Liège. La bonne ville et ses alentours vivaient une ère de prospérité lorsqu'un terrible fléau les frappa. Cela commença par la disparition du petit Louis.

Louis et Henri étaient jumeaux, et inséparables. Dès que l'un paraissait, l'autre le suivait de peu. Chaque matin que Dieu fait, les

1. De la fin du Xe siècle jusqu'au XVIIe siècle, la ville de Liège fut la capitale d'une importante principauté ecclésiastique, gouvernée par des princes-évêques.

deux garçonnets menaient les vaches au pré, à quelque distance de la ferme familiale, et rentraient le troupeau au coucher du soleil. Étant de caractère doux et réfléchi, ils s'acquittaient avec soin de leur tâche, si bien que leurs parents se félicitaient d'avoir engendré une telle descendance.

Tout allait donc pour le mieux quand, un soir, le drame éclata. Henri, fort inquiet, revint du pré sans son frère. Louis, expliqua-t-il, s'était rendu au bois pour y cueillir des mûres et n'était point reparu, malgré ses appels.

Ce bois, appelé Bois-minuit en raison de l'obscurité qui y régnait, la lumière du jour ne pénétrant jamais ses épaisses frondaisons, se situait à quelques kilomètres de la ferme. Craignant un accident, le père prit sa lanterne, siffla son meilleur chien et y courut sur l'heure.

Au terme de longues recherches, alors qu'il s'apprêtait, la mort dans l'âme, à repartir bredouille, un aboiement suspect l'alerta.

Son chien grattait le sol avec frénésie, en gémissant à fendre l'âme. L'homme remarqua que la terre avait été fraîchement remuée à cet endroit. Saisi d'un sombre pressentiment, il se mit à creuser et découvrit bientôt le cadavre de son fils. Dans quel état, bonté divine ! Le pauvre enfant était à demi dévoré...

Effondré, le malheureux père s'en fut porter la nouvelle au foyer. Toute la nuit, la ferme retentit des cris de douleur de la famille en deuil. Louis fut inhumé en grande pompe. En bénissant le cercueil, le curé entonna l'*Ode aux innocents*, qui fut reprise en chœur par le village entier.

Mais l'affaire ne s'arrêta pas là. Au cours des semaines qui suivirent, de nouveaux cas semblables se produisirent. Lorsque ce n'était pas un écolier, dont on trouvait les restes au fond d'une ravine, c'était une jeune bergère, un apprenti, voire un enfançon en bas âge. Un vent de panique balaya la campagne liégeoise. Dans les hameaux, les paysans trem-

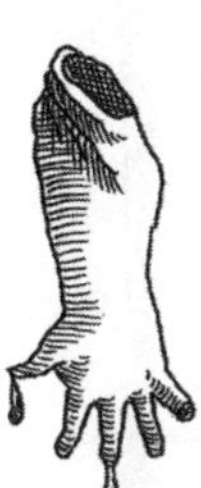

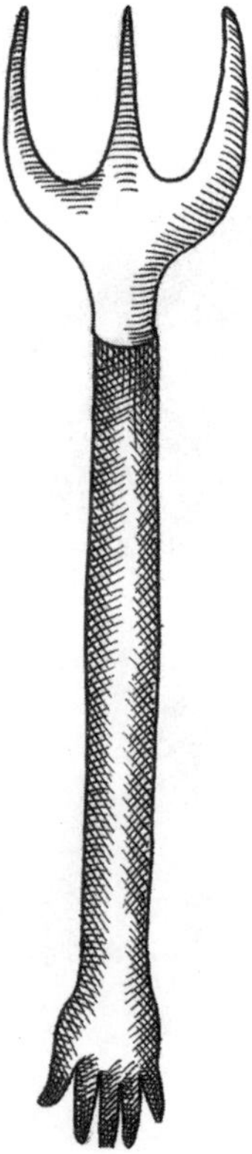

blaient pour leur progéniture et se claquemuraient dès la tombée du jour.

Rien n'y fit. « L'horreur noire », comme chacun l'appelait désormais en se signant, poursuivit ses ravages. Alors, des hommes décidés s'armèrent de fourches et de pioches, afin de mettre cette « horreur noire » hors d'état de nuire.

L'on soupçonna d'abord un loup, venu des proches forêts d'Ardennes, et des battues nocturnes s'organisèrent. De nombreuses bêtes errantes, pourtant inoffensives, trouvèrent la mort au cours de ces expéditions. La colère populaire exigeait des victimes, il y en eut. Oh, il ne faisait pas bon croiser la route des justiciers lorsque l'on possédait des crocs et un museau, plus d'un corniaud l'apprit à ses dépens ! Mais en dépit de ces multiples sacrifices, le prédateur sévissait toujours.

C'est alors qu'intervint Gilles l'ermite.

Tout jeune moinillon, le frère Gilles avait fui le monde. Il s'était installé dans une masure au fond du Bois-minuit où, depuis un demi-siècle, il faisait pénitence, se nourrissant de baies et de racines pour la plus grande gloire du Très-Haut. Comme, en sa solitude, il avait acquis la science des plantes, les fermiers faisaient souvent appel à lui. Il connaissait les philtres capables de féconder les femmes stériles, ceux qui calmaient les pleurs des nouveau-nés, les tisanes rendant force et vigueur aux vieillards. Le bétail lui-même bénéficiait de son savoir. Combien de vaches avait-il aidé à vêler, en mêlant certaines herbes dont il avait le secret au foin de leur litière ?

Bref, sa bonté et sa sagesse étant proverbiales, on décida de s'adresser à lui. Une délégation de villageois se rendit au Bois-minuit, afin d'implorer son secours. Henri en était, car, malgré son jeune âge, il participait activement à la traque. Nul plus que lui n'avait soif de vengeance, la mort de son jumeau l'ayant laissé inconsolable.

Le frère Gilles déclara :

– Priez, mes bons amis, emplissez les églises, et que l'écho de votre ferveur monte jusqu'aux cieux, afin que le Seigneur vous ait en sa clémence !

On lui assura que c'était chose faite, mais sans résultat. Voilà pourquoi on le sollicitait, lui, plutôt qu'un Dieu somme toute assez lointain.

Il promit de se pencher sur la question.

– Certaines écorces rendent clairvoyant quand on les brûle en récitant des oraisons, expliqua-t-il. Peut-être leur pouvoir me permettra-t-il d'entrevoir le coupable ?

Ces paroles ranimèrent l'espoir des villageois.

– Mais, poursuivit l'ermite, la récolte de tels ingrédients nécessite des bras robustes, et je ne suis qu'un vieil homme...

Henri proposa de lui prêter main-forte. Aucun effort ne le rebutait, pourvu qu'il permît la capture de « l'horreur noire ». Le frère Gilles accepta avec reconnaissance, et chacun s'en retourna à ses occupations.

Une fois seul avec Henri, l'ermite s'empressa de fermer, cric-crac, sa porte à clé.

– Tu cherches la créature qui dévore tes semblables ? lui dit-il. La voici !

Il retira la capuche de sa robe de bure en se retournant lentement.

– Jésus, Marie, Joseph... souffla Henri, épouvanté.

À l'arrière de la tête du bon moine, là où aurait dû se situer sa nuque, il y avait un second visage. Une face pourvue de longues dents pointues, d'yeux au regard cruel, et arborant l'expression la plus féroce qui fût.

La vision était si atroce que l'enfant se crut le jouet d'un cauchemar. De telles abominations ne pouvaient exister... À moins que le diable ne s'en soit mêlé, bien entendu !

Or, le diable s'en était mêlé.

– Je te présente Malgilles, dit l'ermite. Le cadeau du Malin... Vois-tu, petit, l'homme n'est pas fait pour vivre seul, et ceci en est la cuisante preuve. Après des années de retraite et de renoncement, la solitude me pesait à tel point que je suppliai Dieu de m'envoyer un compagnon. Mais Il fut sourd à ma demande. En désespoir de cause, je me tournai alors vers le prince des Enfers. Je fus cruellement puni de ce blasphème, car à peine avais-je sollicité Satan qu'il m'apparut, dans un déferlement de feu et de flammes. « Tu désires un ami ? ricana-t-il. Je te l'accorde. Désormais, ton mauvais Moi s'attachera à tes pas et te suivra, où que tu ailles. » Ainsi naquit Malgilles, l'incarnation de toutes mes forces obscures...

– Et Malgilles a faim ! l'interrompit l'horrible face d'une voix de stentor.

Docilement, l'ermite se tourna et marcha à reculons vers Henri. Avec une terreur impossible à décrire, l'enfant vit l'effroyable bouche aux dents pointues s'approcher de lui. Mais alors que Malgilles s'apprêtait à lui happer le nez, Henri eut un réflexe de génie.

– Frère Gilles, au secours ! appela-t-il.

L'ermite était bon, nous l'avons dit plus

haut. Ne pouvant résister à une si grande détresse, il fit aussitôt volte-face.

– Fuis ! cria-t-il à Henri en le poussant vers la porte.

Mais son mauvais Moi ne l'entendait pas de cette oreille. Comme sa proie lui échappait, il s'élança à sa poursuite avec des jurons de païen.

C'est alors qu'il se passa cette chose inouïe : un désaccord naquit entre Gilles et Malgilles. Tantôt l'ermite partait en avant pour délivrer Henri, tantôt il partait en arrière afin de l'attraper. Cette valse-hésitation dégénéra bientôt en affrontement. L'enfant put bientôt voir le malheureux ermite s'empoigner lui-même et tenter de s'étrangler. Puis, tandis que, d'une main, il labourait son bon visage avec les ongles, de l'autre, il martelait sa mauvaise face à coups de poing.

Profitant du combat, l'enfant se sauva à toutes jambes et courut d'une traite jusqu'au bourg.

Lorsque les villageois, alertés, revinrent en

force à la cabane de l'ermite, celui-ci avait cessé de vivre. Et si son bon visage arborait le sourire apaisé d'un saint homme enfin délivré de ses tourments, le mauvais, en revanche, écumait encore de rage.

Après l'enterrement du frère Gilles, plus aucun enfant ne disparut dans la région. Mais certaines nuits de pleine lune, dit-on, d'étranges cris montent du cimetière. C'est Malgilles, créature du Diable, qui hurle sa faim pour l'éternité.

IV

Le Monstre du puits

Une veuve avait trois filles, dont elle assurait vaille que vaille la subsistance. Une chèvre, deux poules, quelques arpents de terre aride suffisaient à peine à les nourrir, si bien qu'été comme hiver, elles allaient pieds nus et vêtues de guenilles.

Pourtant, ces demoiselles avaient fort belle allure. L'aînée, Térésa, était grande, altière, avec un port de tête digne d'une reine. La seconde, Esméralda, avait la chevelure de nuit, l'œil ardent et la mine engageante d'une gitane. Quant à la troisième, Bellissima, elle semblait sculptée dans un rayon de lumière, tant la nature avait mis de douceur dans ses traits et de bonté en son âme.

Un jour, la veuve dit à l'aînée de ses filles :

– Va au puits de Santa Lucia quérir de l'eau, car le soleil tape dur et nos légumes ont soif. Si nous ne les arrosons, ils ne seront bientôt plus que brindilles desséchées.

Térésa se munit donc d'une cruche et partit. En chemin, elle croisa une mendiante qui lui dit :

– Où vas-tu de ce pas, fille au pied léger ?

– Cela ne te regarde pas, vieille femme ! répondit Térésa.

Santa Lucia se trouvait à plus d'une heure de marche, dans une plaine sans ombre ni abri. Lorsque la jeune fille y parvint, elle était en nage et avait la bouche aussi sèche que si elle avait bu du sable. Afin de se désaltérer, elle se pencha sur la margelle du puits, mais, à son grand désappointement, constata qu'il était à sec. En revanche, il dégageait une bonne fraîcheur qui la tenta.

« Si je descendais me reposer dans cette agréable pénombre ? pensa-t-elle. Je reprendrais des forces pour le trajet du retour... »

Sans plus hésiter, elle s'assit dans le seau, actionna la poulie et s'enfonça dans le puits.

Or, ce puits était bien plus profond qu'il n'y paraissait à première vue. Si profond, même, qu'au bout d'un instant la jeune fille prit peur. Au-dessus de sa tête, il ne restait du ciel qu'un minuscule rond bleu qui ne cessait de décroître.

Lorsqu'enfin le seau toucha le sol, Térésa n'en crut pas ses yeux. Elle se trouvait dans une vaste pièce pourvue d'une cheminée où bouillait un chaudron. Face au feu, un hideux géant somnolait.

Imaginez une face de crapaud, sans nez, sans lèvres, à l'œil globuleux, à la peau verdâtre et aux crocs de loup. Sur les joues, des pustules suintantes, répandant une odeur pestilentielle. Pas de cheveux mais un crâne bosselé, encadré de cornes. Et pour compléter le portrait, des pieds de bouc, des ailes de chauve-souris et des mains à six doigts ornés de griffes tranchantes.

Jamais Térésa n'avait rencontré d'être aussi répugnant, ni plus redoutable d'apparence. En l'apercevant, elle faillit s'évanouir d'horreur.

Son arrivée réveilla le monstre.

– Mmmmm, bâilla-t-il en s'étirant, ça sent la chair fraîche !

À ces mots, Térésa se jeta à ses pieds.

– Par pitié, monseigneur, épargnez-moi. Voyez, je suis pauvre, maigre, et je n'ai pas vingt ans. Vous ne feriez qu'une bouchée de moi, ce qui ne suffirait point à vous rassasier. En revanche, je suis bonne ménagère, je pourrais tenir votre maison...

Le monstre regarda Térésa et la trouva belle, avec sa haute taille et ses joues ruisselantes de larmes.

– Fort bien, admit-il, je te laisse une chance.

Je vais partir à la chasse jusque tard dans la nuit. Vois cette main d'homme qui cuit dans le chaudron. Ce sera ton repas. Si tu la manges, j'en déduirai que nous sommes faits pour nous entendre, et à mon retour, je te prendrai pour femme. Mais si tu la dédaignes, je te couperai le cou pour te mettre au cellier, avec mes provisions d'hiver.

Toute tremblante, Térésa accepta. Si bien qu'un peu plus tard, elle se retrouva seule avec l'ignoble aliment.

« Jamais je ne pourrai avaler une main d'homme ! » se disait-elle, en tâtant, du bout de l'index, la chair molle du membre coupé.

Et de se désoler à grands cris, appelant au secours sa mère, ses sœurs, son père défunt et tous les saints du paradis.

Cependant, l'heure tournait. Bientôt, la nuit tomba. Dans les profondeurs de l'ombre, le pas du monstre ne tarda pas à résonner. Térésa, affolée, saisit la main et, ne sachant qu'en faire, l'enfouit sous la cendre encore chaude.

« Elle va se consumer petit à petit, espérait-elle. Ainsi, elle disparaîtra et l'on croira que je l'ai mangée. »

Au même instant, le monstre entra dans la pièce.

« Par le sang du Christ, il est encore plus laid que dans mon souvenir ! » pensa Térésa. Et elle se signa.

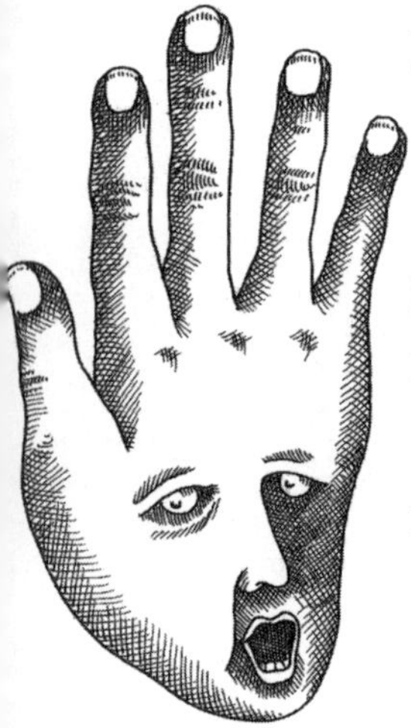

– Bonsoir, femme ! s'écria le monstre en posant son arme et sa gibecière. Alors, cette main était-elle à ton goût ?

– Je l'ai trouvée délicieuse, répondit la jeune fille avec conviction.

Le monstre lui lança un regard suspicieux.

– Dis-tu la vérité ?

– Que la foudre m'abatte à l'instant si je mens !

– Nous allons bien voir... Main, où es-tu ?

Une voix chevrotante parvint de l'âtre.

– Ici, maître, cachée sous la cendre.

– Ah, c'est ainsi ! hurla le monstre en se saisissant de la pauvre Térésa, plus morte que

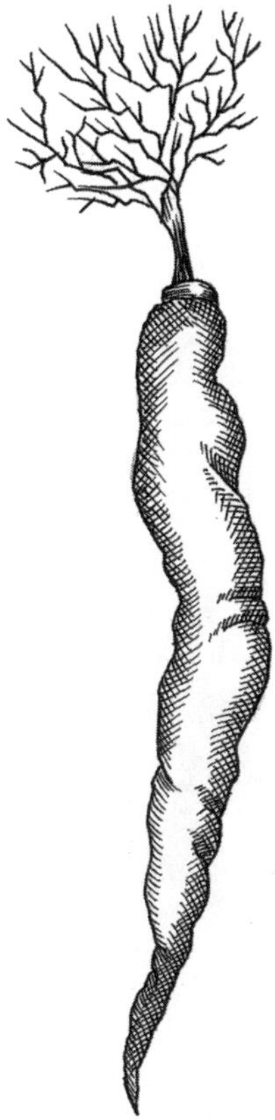

vive. Tu as voulu me tromper, friponne ! Eh bien, tu finiras en ragoût, pour ta peine !

Il l'entraîna dans le cellier où se trouvaient déjà nombre de gens, tous dépecés, et lui trancha le cou.

Le lendemain, en ne voyant pas revenir son aînée, la veuve se confondit en lamentations. D'autant que le soleil tapait encore plus dur que la veille, et que les légumes avaient encore plus soif.

– Esméralda, va à Santa Lucia et ramène-moi de l'eau, dit-elle à sa seconde fille. Et si tu rencontres ta sœur, dis-lui de se hâter car j'ai grand besoin d'elle.

Esméralda partit et, en chemin, croisa la mendiante.

– Où vas-tu de ce pas, fille au pied léger ? lui demanda celle-ci.

– Cela ne te regarde pas, vieille femme ! répondit la jeune fille.

Parvenue au puits, elle constata qu'il était tari et, la chaleur de la route l'ayant épuisée, décida d'y descendre afin de se reposer. Elle s'assit dans le seau, actionna la poulie et, tout comme Térésa, aboutit dans l'antre du monstre.

– Mmmmm, ça sent la chair fraîche ! s'écria celui-ci, dès qu'il l'aperçut.

La jeune fille, terrifiée, tomba à genoux.

– Pitié, monseigneur, supplia-t-elle. Je suis jeune, pauvre, maigre, et j'ai perdu ma sœur.

– Je le sais, répondit le monstre, puisque je lui ai moi-même coupé le cou. D'ailleurs, je te réserve un sort semblable au sien.

À ces mots, Esméralda fondit en larmes. Et elle était si belle, avec sa chevelure de gitane et ses yeux ardents noyés de pleurs, que le monstre en fut touché.

– Je veux bien te donner une chance d'en réchapper, lui dit-il. Tu vois ce bras d'homme qui dépasse du chaudron ? Ce sera ton dîner. Je vais partir à la chasse, et je ne rentrerai que tard dans la nuit. Si, durant mon absence, tu manges ce bras, je saurai que nous sommes de la même sorte, et à mon retour, je t'épouserai. Sinon, tu termineras toi aussi dans le cellier.

Esméralda promit tout ce qu'on voulut, pourvu qu'elle gardât la vie sauve. Mais une fois seule avec le bras, elle se sentit bien embarrassée. Manger de la chair humaine ? À cette pensée, son cœur se soulevait. Elle essaya bien d'y planter les dents, mais ne réussit qu'à se rendre malade. Aussi, comme l'heure tournait, se décida-t-elle à creuser un trou pour y enterrer son « dîner ».

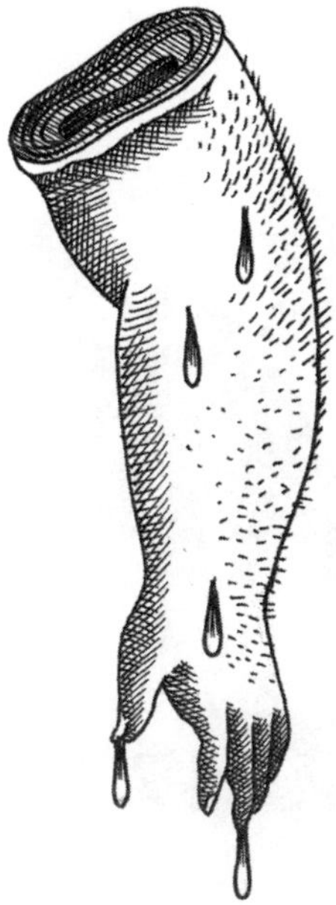

Quand le monstre revint, il n'eut rien de plus pressé que de lui demander :

– Alors, femme, ce bras était-il à ton goût ?

– Je l'ai trouvé délicieux ! assura Esméralda.

Le monstre lui lança un regard méfiant.

– Dis-tu la vérité ?

– Que je meure sur place si je mens !

– Nous allons voir ça... Bras, où es-tu ?

– Ici, sous terre ! répondit le bras.

En entendant ces mots, le monstre, furieux, se saisit d'Esméralda et, malgré ses cris et ses gémissements, l'emmena dans le cellier où il lui trancha le cou.

Le lendemain, n'ayant aucune nouvelle des deux aînées – et pour cause ! –, la veuve envoya sa cadette chercher de l'eau.

– Va, Bellissima, car nous avons déjà perdu la moitié de la récolte. Et si tu rencontres tes sœurs, dis-leur de se hâter, car j'ai grand besoin d'elles.

Bellissima prit, à son tour, la route de Santa Lucia. En chemin, elle croisa la mendiante.

– Où vas-tu de ce pas, fille au pied léger ?

– Au puits, chercher de l'eau, répondit la jeune fille.

– Prends garde, chère enfant, car un monstre y habite. Il enlève les gens et les force à manger de la chair humaine. Dans ma jeunesse, j'ai moi-même échappé de peu à ses manigances.

Et la vieille femme de lui conter l'histoire

par le menu. Quand le récit fut fini, Bellissima la remercia vivement.

– Je sais à présent où sont mes sœurs, dit-elle. Et s'il me reste une chance de les sauver, je la tenterai !

Arrivée à Santa Lucia, elle descendit donc dans le puits.

– Mmmmm, ça sent la chair fraîche ! déclara le monstre lorsqu'elle parvint chez lui.

Elle se jeta à ses pieds, son charmant visage tout baigné de pleurs.

– Pitié, monseigneur, je suis venue chercher Térésa et Esméralda, mes sœurs aînées, que vous retenez prisonnières !

Le monstre éclata d'un rire affreux.

– À l'heure qu'il est, tes sœurs ne sont plus que rôtis, gigots et jambonneaux. Mais si tu ne veux pas partager leur sort, il ne tient qu'à toi de devenir ma femme. Tu vois le pied d'homme qui cuit dans ce chaudron ? Pendant que je serai à la chasse, mange-le. Si ce repas

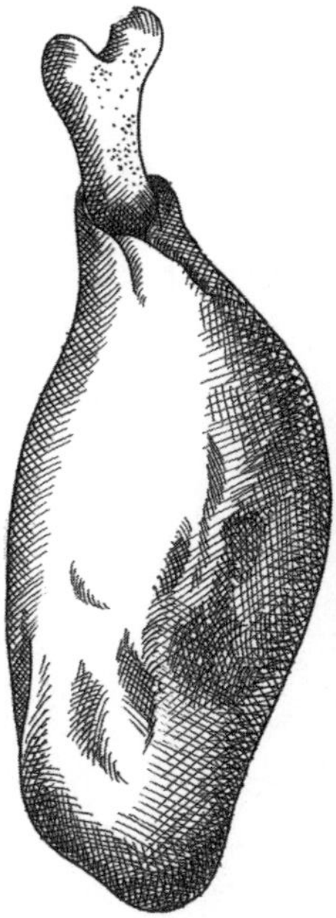

te convient, cela signifiera que nous sommes faits l'un pour l'autre. Mais gare à toi si tu le dédaignes ! Mon grand couteau de boucher t'attend, et j'ai encore de la place dans mon cellier !

Restée seule, Bellissima mit à profit les enseignements de la mendiante. Elle prit un mortier de bronze et y broya le pied. Puis elle le hacha menu et en garnit un de ses bas qu'elle plaça sous sa robe, bien plaqué contre son ventre.

Quand le monstre revint, il la trouva devant le chaudron vide, tisonnant placidement la braise.

– As-tu mangé le pied, femme ? demanda-t-il d'une voix tonitruante.

Bellissima lui dédia son plus joli sourire.

– Il était succulent, répondit-elle, en claquant de la langue avec gourmandise. Je m'en pourlèche encore les lèvres !

– Nous allons bien voir. Pied, où es-tu ?

– Ici, maître, répondit le pied.

– Où cela ? D'où me parles-tu ?

– Du ventre de Bellissima !

Cette réponse enchanta le monstre, car il n'avait cessé de penser à la jeune fille et désirait sincèrement l'épouser.

– Bravo, Bellissima ! s'écria-t-il. Tu es la compagne qu'il me faut. Dès demain, nous fêterons nos noces ! Et pour te prouver à quel point tu m'es chère, ô ma délicieuse fiancée, voici toutes les clefs de ma demeure...

Il hésita un instant, puis retira la plus fine du trousseau.

– ... sauf celle du cellier, ajouta-t-il, avec un reste de méfiance.

Bellissima feignit la joie la plus profonde et courut à la cave chercher un tonneau de vin.

– Buvons, mon bon ami, proposa-t-elle avec enjouement. Trinquons à notre bonheur !

Et, ce disant, elle emplissait à ras bord la coupe du monstre qui, lui-même, s'empressait de la vider. Ce manège dura jusqu'au petit jour. Lorsqu'enfin le monstre s'écroula ivre mort, elle lui prit la clef fine qu'il conservait à sa ceinture et ouvrit le cellier.

Le spectacle qui s'offrit à elle la désola. Car ses sœurs, ainsi qu'on le lui avait dit, n'étaient plus que ragoûts, gigots et jambonneaux.

Prise de fureur, elle s'empara du grand couteau de boucher et se jeta sur le monstre en criant :

– Qui a tué mes sœurs périra de ma main !

Et elle lui perça la bedaine.

Aussitôt, de la plaie jaillit un grand éclair. La peau du monstre tomba comme une défroque. Bellissima se frotta les yeux, persuadée de rêver, car à la place du géant se dressait un jeune prince vêtu d'or et de satin.

Il serra aussitôt la jeune fille contre son cœur, l'embrassant avec gratitude.

– Sois bénie, lui dit-il, car tu m'as désenchanté. Voici bientôt deux siècles, une sorcière, dont je repoussais les avances, m'a transformé en l'être affreux que tu sais. Seule une jeune fille pure comme l'eau et belle comme le jour avait le pouvoir de rompre ce charme, à condition qu'elle m'éventrât. Or, je désespérais d'être jamais libre, car les pures jeunes filles éventrent rarement.

À peine avait-il fini de parler que, du cellier, sortirent quantité de gens. Outre Térésa et Esméralda, rendues par magie à la vie, il y avait là un curé, un notaire, une bergère et son berger, quelques filles de ferme, et même deux baronnets de fort charmante figure. Tout ce petit monde se félicita de l'heureuse tournure des événements et reprit derechef le chemin du logis. Bellissima épousa le prince, ses sœurs les baronnets, et leur mère le notaire, qui lui assura désormais sécurité, amour et opulence.

V

Le Diable et le bûcheron

Piet, le bûcheron, s'en retournait à la nuit tombée, sa cognée sous le bras, lorsqu'un nain boiteux surgit devant lui et l'apostropha en ces termes :

– Eh, l'homme, échangerais-tu ta destinée contre la mienne ?

Pris de court, le bûcheron tarda à répondre. Ce que voyant, le nain fit un geste de la main. Et avant qu'il n'ait le temps de dire ni quoi ni qu'est-ce, Piet eut, comme par magie, la taille

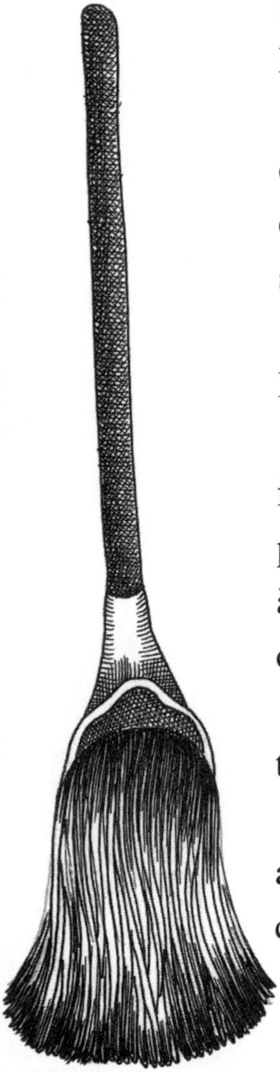

d'un enfant de cinq ans, des jambes torses, un buste difforme et des yeux globuleux, tandis que son propre corps, vigoureux et de belle stature, s'éloignait à grandes enjambées, habité par une âme qui n'était pas la sienne.

Fort en peine, notre homme voulut rentrer chez lui. Hélas ! l'usurpateur l'y avait précédé, si bien que lorsqu'il se présenta devant sa femme, celle-ci le chassa à coups de balai.

Il eut beau protester qu'il était le mari, elle lui rit au nez.

– Mon époux est bien au chaud dans ses foyers ! répondit-elle. Il a la pipe au bec, les pieds dans ses pantoufles, et si vous persistez à me conter des sornettes, je le ferai chercher et il vous bottera le cul !

Ravalant son humiliation, Piet s'en alla trouver sa mère.

« Les mères, pensait-il, voient au-delà des apparences. Quand il s'agit de leur enfant, c'est le cœur qui regarde, et non les yeux. »

Mais le cœur de la sienne était sans doute

aveugle, car elle ne le reconnut pas. Pire, elle le menaça d'appeler les gendarmes s'il s'obstinait dans ses mensonges.

– Quel toupet ! glapissait-elle, prenant ses voisines à témoin. Ce vilain gnome voudrait se faire passer pour le beau gars que j'ai mis au monde !

– Il aura rétréci au lavage, riaient les unes.

– Arrosons-le, il poussera peut-être ! s'esclaffaient les autres.

Piet, honteux et confus, s'éloigna sous les quolibets. Ne sachant à quel saint se vouer, il décida de les solliciter tous et se rendit à l'église. Mais il eut beau brûler des cierges et marmonner cantiques et oraisons, le paradis fit la sourde oreille.

« Sans doute suis-je trop loin du ciel, en mon état de mi-portion, se dit le bûcheron tristement. Messire le Diable, qui réside sous terre, m'entendra-t-il mieux ? »

Et de sortir de l'église pour invoquer Malin.

Ce dernier fut prompt à réagir. L'instant d'après, il se manifestait dans toute sa noirceur.

– Pourquoi me déranges-tu, petit homme ?

– Je veux changer de corps, celui-ci ne me plaît guère.

– Et pour quelle raison ? Il a deux bras, deux jambes, une tête qui pense, une bouche qui parle, que te faut-il de plus ?

– Un peu de beauté, car ma laideur m'afflige. Par pitié, seigneur Lucifer, j'aimerais redevenir tel qu'avant.

Le Diable se gratta le crâne entre les cornes.

– Je n'ai pas le pouvoir de te rendre ton corps, car celui qui l'a pris est un grand magicien. Mais je puis t'en offrir un autre, si tu le désires. C'est la beauté que tu souhaites ?

Piet hocha la tête.

– Elle te coûtera ton âme ! précisa le Malin.

Piet réprima un frisson de peur. Mais c'était la règle du jeu, et il le savait : qui invoque le Diable se voue à lui pour l'éternité.

– Je suis prêt à payer le prix, souffla-t-il d'une voix rauque.

– Alors, qu'il en soit fait selon tes vœux.

Une belle se rendait justement à la messe, coiffée d'une mantille, la taille fine et le sein rond sous sa robe de dentelle. L'âme de Piet s'y retrouva aussitôt logée. Dans le même temps, l'âme de la fille passait dans le corps contrefait et elle entra dans l'église sous cette nouvelle apparence, sans comprendre ce qui lui arrivait.

– Regardez comme ce nain est pieux ! chuchotèrent les fidèles lorsque, les jambes coupées par l'étonnement, elle s'agenouilla.

La première surprise passée, Piet se réjouit vivement de son nouvel état. Cette peau-là faisait bien son affaire, car elle était douce à ravir. Il s'éloignait à petits pas quand un attelage le dépassa pour s'arrêter non loin de lui.

– Holà, damoiselle ! le héla une voix. Vous allez salir vos jolis pieds à la poussière du chemin ! Où peut-on vous conduire ?

L'aimable voyageur était un nobliau[1] se rendant sur ses terres. Flatté, Piet prit place auprès de lui, et comme il n'avait nulle part où aller, se laissa mener où l'on voulut qu'il aille. Mais le soir même, alors que la pleine lune éclairait l'horizon, sa prière descendit vers le royaume des Ténèbres.

– Lucifer, prince des enfers, viens à mon secours !

Le Diable aussitôt apparut.

– Qu'y a-t-il encore ?

– Je veux changer de corps, celui-ci ne me plaît guère.

– Et pourquoi donc ? Il est si séduisant que nul ne lui résiste, que te faut-il de plus ?

– Justement, c'est bien là le problème. Lorsque j'étais nain, tous me repoussaient. Aujourd'hui, tous me sollicitent : seigneurs, laquets, palefreniers, et jusqu'au dernier des mitrons. Je n'ai plus un seul instant de repos

1. Nobliau : petit noble de province, au XVIIIe siècle.

et, à l'usage, je ne sais lequel des deux états m'est le plus pénible : être trop peu aimé, ou l'être trop.

– Que souhaites-tu, alors ?

– Je voudrais devenir chien errant, et aller librement où bon me semble, sans crainte qu'on me convoite ou qu'on se rie de moi.

– Qu'il en soit fait selon ton bon désir, décréta le Diable, avisant un corniaud qui passait sur la route.

Aussitôt, la belle se mit à aboyer. Et Piet se retrouva pourvu d'un museau, quatre pattes, une queue... et un ventre affamé.

Sans même remercier, il partit comme le vent quérir de quoi manger. Mais il déchanta vite, car, en fait, son statut n'avait rien d'enviable. S'approchait-il d'une ferme, attiré par l'odeur du ragoût ? On le chassait à coups de pierres. Poursuivait-il un lièvre afin de s'en nourrir ? Un renard lui volait sa proie. Tentait-il de s'introduire dans un poulailler ? Un coq furieux lui lardait les jarrets. Et tout à l'avenant, de déboire en déboire, notre chien atteignit le soir, le ventre creux.

Il était plus de minuit lorsque ses cris parvinrent au royaume des Ténèbres.

– Lucifer, prince des enfers, viens à mon secours !

Le Diable aussitôt apparut.

– Qu'y a-t-il encore ?

– Je veux changer de corps, celui-ci ne me plaît guère.

– Et pourquoi donc ? Tu es libre, sans attaches, la nature t'appartient, que te faut-il de plus ?

– Que me sert d'être libre si je meurs de faim ? Je voudrais me suffire à moi-même, n'attendre rien de personne. N'être assujetti ni aux humeurs des uns, ni au désir des autres, ni à l'obligeance de celui-ci, ni à la bonté de celui-là. Car le voilà, le bonheur véritable : se satisfaire de ce que la nature nous offre à foison, le suc de la terre et l'eau du ciel... Messire le Diable, je voudrais être un arbre.

Ainsi fut fait, Piet devint chêne. Durant quelque temps, cet état le contenta pleinement. Il était, en effet, grand, fort et beau. Nul ne lui disait : « Fais ceci ou cela. » Il n'avait pour uniques besoins que les substances puisées par ses racines dans le sol, le vent, la pluie, l'orage et le soleil d'été. Que demander de plus à l'existence ?

Hélas, ce bonheur fut de courte durée. Un jour, une cognée entama son tronc : celle de Piet – ou, du moins, de l'usurpateur que tout le monde prenait pour tel.

Coup après coup, le chêne vit celui qui avait volé son visage, voler également sa vie. La haine le terrassa, plus encore que la lame. Dans un craquement sinistre, on le vit vaciller, comme s'il cherchait l'endroit où tomber. Sa ramure s'inclina à droite puis à gauche... et de tout son poids, il s'abattit sur le bûcheron, le tuant net.

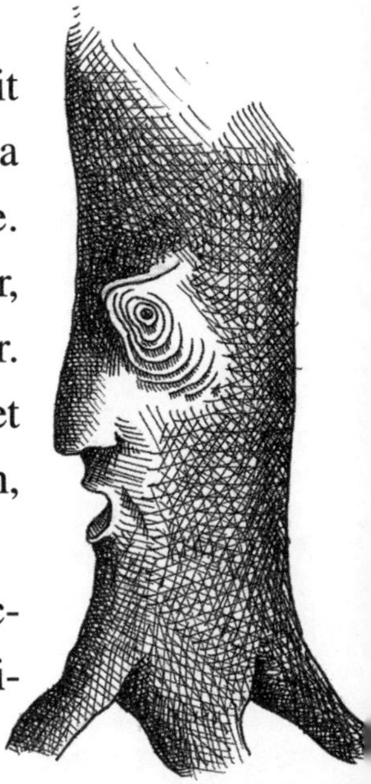

« Si les arbres pensaient, se dirent les spectateurs du drame, l'on eût pu croire que celui-là avait prémédité son crime. »

Tandis qu'il agonisait près du cadavre de son ennemi, le chêne vit passer un chien errant, l'oreille et la queue basse. Puis une femme au sein rond, poursuivie par ses soupirants. Puis un nain, clopinant sur ses jambes torses. Et il les envia. Alors, il rassembla ses dernières forces pour crier :

– Lucifer, prince des enfers, viens à mon secours !

– Que veux-tu encore ? demanda le Diable.

– Changer de corps, celui-ci n'en a plus pour bien longtemps à vivre.

– Et lequel souhaites-tu ?

– N'importe lequel de ceux-là, car le chien court toujours, malgré sa maigre pitance, la femme est toujours belle en dépit des galants, le nain a toujours deux bras, deux jambes, une tête qui pense et une bouche qui parle. Tandis que moi, je meurs...

Alors, le Diable entra dans une grande colère.

– Tu n'es jamais content ! tonna-t-il. Aussi, ne céderai-je plus jamais à tes caprices. Meurs donc, pour que je touche enfin mon salaire : après tout ce travail, je l'ai largement mérité !

Et Lucifer emporta l'âme de Piet en enfer, où elle brûle encore.

VI

La Bête aux crocs rouges

Cette histoire s'est passée en pays comtois, il y a bien des siècles. Mais aujourd'hui encore, quand gronde le tonnerre et que les éclairs blancs zèbrent le firmament, les vieux la racontent à voix basse.

Et il n'est pas rare, ces nuits-là, qu'au milieu de l'orage un cri se fasse entendre. Le plus horrible cri qui se puisse concevoir. Gare, alors, au promeneur égaré dans la tempête, car sa vie ne tient qu'à un fil ! Qui tombe entre les griffes de la bête aux crocs rouges en meurt ou devient fou...

Jacquou, le forgeron de la vallée de Breuchin, n'était pas méchant homme, mais il battait sa femme. La nature avait mis dans ses veines un sang trop chaud, qui ne demandait qu'à bouillir. À la moindre contrariété, il devenait d'une brutalité extrême. Nanette, son épouse, bien qu'elle fût humble, soumise et prompte à obéir, faisait les frais de ses sautes d'humeur. Si bien qu'on la voyait souvent les yeux pochés, boitant et mal en point. Nez cassé, crâne fendu et front bosselé étaient, depuis le jour de ses noces, son lot quasi quotidien.

Or, il advint que Nanette en eut assez de ces mauvais traitements. Elle était fort belle, quand les horions[1] ne la défiguraient pas. S'ils n'avaient craint la colère de Jacquou,

1. Horions : coups violents.

bien des prétendants lui eussent tourné autour. L'un d'eux, un joli gars du nom de Sylvinet, faisait d'ailleurs battre son cœur, tant il était pâle, blond et maigrelet.

« Un tel homme, se disait-elle, n'aurait même pas la force d'écraser une fourmi, et ses coups, j'en jurerais, ressemblent à des caresses. Comme on doit être bien, auprès de lui ! »

Sylvinet, pour sa part, percevait l'attirance qu'il exerçait sur elle. Et, tout en gardant bonne distance, il ne se privait pas de lui manifester sa flamme. À chacune de leurs rencontres – qui n'étaient pas rares, le jeune homme étant berger et menant ses troupeaux paître non loin de la forge –, il portait sur Nanette un regard brûlant qui en disait long. Mais, au grand jamais, il n'eût poussé l'audace jusqu'à lui adresser la parole, craignant, à juste titre, que l'irascible époux ne lui fracassât le crâne.

Donc, un beau jour, après une correction

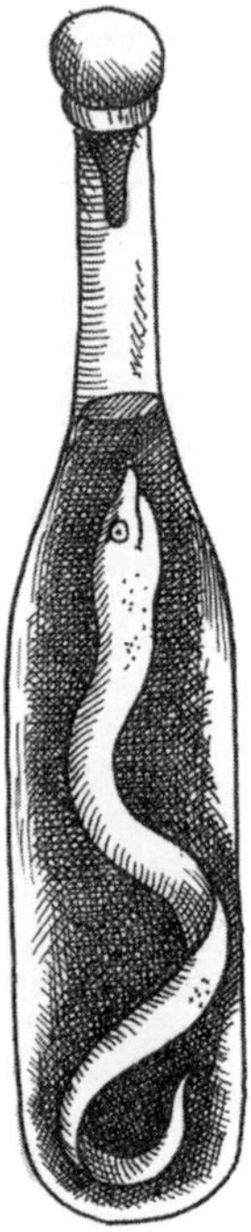

particulièrement sévère – et sanctionnant, comme de coutume, une broutille –, Nanette s'en fut trouver le sorcier Malicorne.

C'était un homme étrange, redoutable pour tout dire, vivant dans les monts du Jura. On le soupçonnait de commercer avec le Diable, mais comme il connaissait mille potions magiques et désenvoûtait mieux que quiconque, nul ne lui cherchait noise. La route était longue jusqu'à son antre, mais il en fallait plus pour rebuter Nanette. La malheureuse était si lasse de son sort qu'elle eût grimpé le Calvaire une croix sur le dos pour être débarrassée de son fléau de mari !

Lorsqu'elle parvint à la grotte où logeait le sorcier, la nuit tombait. À cette heure, là-bas, dans la vallée, Jacquou avait sans doute constaté son absence et ses cris de fureur devaient faire trembler les murs de la maison. Il semblait à Nanette les entendre jusqu'ici, portés par le vent du soir, et cela la conforta dans sa décision. Alors, et bien que la peur lui tordît les entrailles – car le lieu était fort sinistre ! –, elle appela :

– Malicorne, es-tu là ?

Un pas lourd résonna dans l'ombre et une voix à vous glacer les sangs répondit :

– Qui ose troubler ma solitude ?

– Une pauvrette en quête d'assistance.

– Fort bien, j'arrive. Mais si tu m'as dérangé pour rien, il t'en cuira !

Nanette ne connaissait le sorcier que par ouï-dire, aussi, quand elle le vit apparaître, fut-elle fort effrayée. Il lui sembla rencontrer Belzébuth en personne. Il était plus noir qu'un bouc et puait tout autant. Ses yeux flamboyaient, des cornes ornaient son front. Un grand manteau sombre le couvrait tout entier, sous lequel dépassait une paire de pieds fourchus.

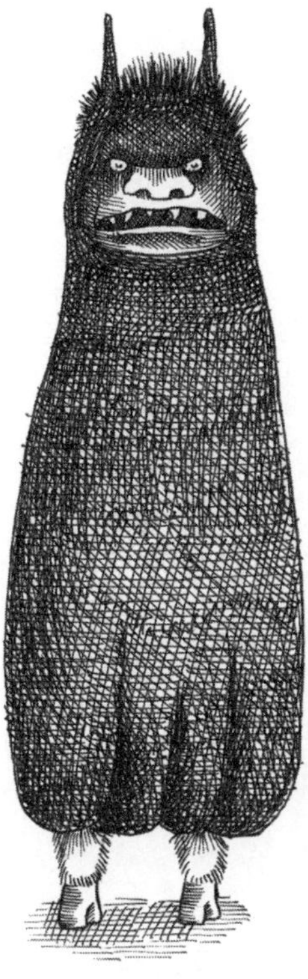

– Par tous les damnés de l'enfer, femme, que demandes-tu ? tonna-t-il.

En entendant ces mots, l'émoi de Nanette fut tel qu'elle perdit connaissance. Le sorcier la transporta dans sa caverne. Quand elle revint à elle, ce qu'elle aperçut la fit claquer des dents.

Ce n'étaient, autour d'elle, qu'alambics et cornues distillant des liqueurs infâmes, à l'odeur de soufre. Dans l'âtre bouillait un chaudron, répandant une fumée épaisse. Des chauves-souris voletaient çà et là, ainsi qu'un hibou, dont les gros yeux jaunes luisaient dans la pénombre.

Assis auprès du feu, Malicorne lisait un grimoire à couverture de cuir.

– Vas-tu enfin me dire ce qui t'amène ? s'écria-t-il, dès qu'il vit la jeune femme se redresser sur sa couche.

Nanette s'arma de courage.

– Je voudrais supprimer mon mari, répondit-elle. Il me cause du tort, me frappe et me malmène.

– Un époux a le devoir de corriger sa compagne, remarqua le sorcier. Et en la rudoyant, il est dans son bon droit. Qui songerait à l'en blâmer ? Les femmes méritent cent fois le châtiment conjugal !

Ce discours déplut à Nanette, mais, fine mouche, elle n'en laissa rien paraître.

– Certes, vous avez raison, feignit-elle d'admettre, mais il y a châtiment et châtiment. Si une taloche de temps à autre bonifie qui la reçoit, celles que m'inflige Jacquou ne sont pas de cette sorte. Elles me meurtrissent, m'éclopent et, un de ces jours prochains, me feront assurément passer de vie à trépas.

Malicorne l'écoutait attentivement, en hochant la tête.

– Tout ceci mérite réflexion, concéda-t-il.

Et, délaissant sa visiteuse, il se replongea dans son livre.

Un long moment passa avant que le sorcier ne reprenne la parole.

– Puisque ton mari se conduit comme une bête, il te faut lutter contre lui à armes égales, dit-il enfin. Prends cette pelisse de fourrure. Chaque fois que tu t'en vêtiras, elle te chan-

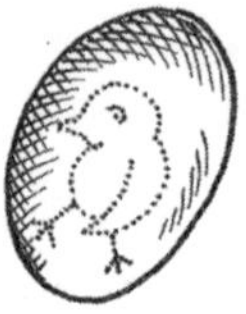
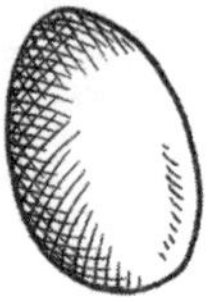

gera en louve. Mais garde-toi surtout de la porter par temps d'orage, car en ce cas, la métamorphose serait définitive et tu ne pourrais plus jamais redevenir femme.

Nanette remercia, posa sur la table les œufs, le lait et le fromage qu'elle avait emportés en paiement, et, chargée de l'instrument de sa vengeance, regagna ses pénates.

Lorsqu'elle parvint chez elle, il faisait grand jour. Jacquou, qui l'avait attendue toute la nuit, écumait de fureur. Dès qu'il l'aperçut, il se jeta sur elle et la roua de coups.

La malheureuse, sur le point de succomber, eut la présence d'esprit d'utiliser le pouvoir de sa fourrure. À peine en eut-elle couvert ses épaules qu'elle se sentit autre. Ses muscles durcirent, ses dents s'allongèrent, et une rage aveugle s'empara d'elle.

– À présent, tu vas payer le mal que tu m'as fait ! dit-elle à son mari.

Et, sans état d'âme, elle l'égorgea. Puis, cachant la pelisse magique dans un coffre, elle sortit de chez elle en menant grand tapage.

– À l'aide, criait-elle, un loup féroce a occis mon époux !

Et de pleurer de fausses larmes, en se tordant les mains devant le corps dépecé.

De ce jour, l'existence de la veuve devint calme et sereine. Et la tranquillité l'embellissant encore, les galants affluèrent. Mais un seul parmi eux lui plaisait : le joli Sylvinet aux si douces manières. Elle lui céda. Une nuit d'été, les deux amants connurent le bonheur.

Tandis qu'ils reposaient dans la chambre de la forge, la pluie se mit à tomber et le tonnerre gronda. Nanette, à demi somnolente, eut un léger frisson.

– As-tu froid, ma mie ? s'enquit Sylvinet, plein de prévenance.

À la tête du lit se trouvait un coffre empli de vêtements. Le jeune homme l'ouvrit, afin d'y quérir de quoi couvrir sa belle. Avisant une fourrure dont les reflets d'argent miroitaient dans l'ombre, il s'en saisit et la posa sur elle.

Erreur fatale ! Aussitôt, sous ses yeux horrifiés, Nanette devint louve.

Dans un sursaut de conscience, elle tenta de repousser l'habit maléfique, afin que cesse le sortilège. Mais sa métamorphose, du fait de l'orage, était irrémédiable. Alors, bien malgré elle, la malheureuse sauta à la gorge de son bien-aimé et, mue par une sauvagerie qu'elle ne pouvait maîtriser, le tua. Puis, épouvantée par son geste, elle s'enfuit dans la tempête.

Les siècles ont passé. Nanette-la-maudite rôde sans trêve ni repos. Et les nuits d'orage, son âme tourmentée reprend forme de louve, afin qu'elle revive, encore et toujours, l'horrible mort de son amant. Quiconque la croise, alors, s'il n'en perd pas la vie y laisse sa raison. Car c'est un spectacle entre tous funeste que cette bête aux crocs sanglants qui hurle sa douleur au milieu des éclairs, avec dans les yeux de vrais pleurs de femme.

VII

La Chambre ardente

À force de courir les champs pour y glaner quelque nourriture, le fils de la Mariette était plus noir et sec qu'un criquet noir. Et aussi, sans doute, parce qu'il était le fruit d'un Gitan de passage qui l'avait posé là, dans le ventre de sa mère, avant de repartir ailleurs, toujours plus loin.

De ce père inconnu, l'enfant – surnommé le Sauteriot[1], en raison de son apparence – tenait

1. Sauteriot : sauterelle en patois du Berri.

également un caractère farouche et orgueilleux, de même qu'une paire d'yeux plus profonds que la nuit.

Sa sœur, en revanche, était blonde, rose et gazouillante, et répondait au doux nom d'Églantine. Lorsque commence notre histoire, elle tétait encore sa mère.

La Mariette avait bien du mal à élever ses enfants, car elle était très pauvre. En guise de nourriture, elle n'avait, la plupart du temps, que des racines bouillies à offrir à son fils, et à sa fille un sein tari par la famine. Ce fut au cours d'un de ces maigres repas que le crieur public, armé de son tambour, leur fit dresser l'oreille.

– Oyez, bonnes gens ! Le sire de Brou-Sancerre, seigneur du canton, offre une bourse de pièces d'or à qui passera la nuit dans la chambre ardente, en son château de Brou ! Qu'on se le dise !

Cette chambre était, de notoriété publique, hantée de la plus horrible manière. Dès minuit, on y entendait hurler une femme, et ce, depuis des siècles. Depuis que la comtesse Magdeleine y avait été torturée par les bourreaux de l'Inquisition[1]. Incommodé par ces cris qui troublaient son sommeil, le maître des lieux avait consulté astrologues, exorcistes et mages, et tous lui avaient donné la même réponse : l'âme de Magdeleine ne trouverait le repos que si, de la mi-nuit à l'aube, quelqu'un l'accompagnait dans son supplice.

Ceci était plus facile à dire qu'à faire, car personne, au grand jamais, n'eût osé pousser la porte de la chambre ardente après la fin du jour. Le sire de Brou-Sancerre, et à plus forte raison ses gens, ignoraient donc tout de ce qui se tramait chaque nuit dans cette pièce. Et n'avaient par ailleurs nulle envie de le savoir, tant cela leur semblait effroyable.

Cependant, la paix nocturne étant à ce prix, le seigneur lança l'appel que l'on sait.

Nombre de paysans, alléchés par la récom-

1. Inquisition : tribunal religieux ayant fait régner la terreur, du XIIe au XVe siècle, par ses méthodes particulièrement cruelles.

pense, se proposèrent donc, affirmant que les fantômes ne les effrayaient point. L'un d'entre eux, un bûcheron nommé Théroigne, prétendit même avoir, en traversant le bois de Malpertuis, assommé trois loups-garous du plat de sa cognée et mis en fuite trois autres. Un tel homme ne craignait pas un revenant femelle, fût-il en proie aux pires tourments !

On le crut. Au crépuscule, il s'installa dans la chambre ardente, et en ressortit fou bien avant que les étoiles ne s'éteignent dans le ciel.

Toutes les autres tentatives furent également vouées à l'échec. Mille téméraires y perdirent l'esprit. Le sire de Brou-Sancerre désespérait de trouver enfin le repos, quand, un beau matin, le Sauteriot se présenta à sa porte. Il avait alors une douzaine d'années et paraissait bien moins, tant les privations l'avaient rendu chétif.

– Je suis ici contre la volonté de ma mère, déclara-t-il. Mais ma petite sœur vient de tomber malade, il nous faut de l'argent pour

payer les remèdes, et nous n'en avons point. Si je n'en gagne, elle mourra.

Le seigneur était un brave homme et il lui déplaisait de sacrifier un enfant, fût-ce à son propre confort. Afin de décourager le Sauteriot, il commença par se moquer de lui :

– Te voilà bien téméraire, petit maraudeur[1] en haillons ! Penses-tu donc réussir, toi qui n'es ni plus grand ni plus gros qu'une sauterelle, là où des hommes mûrs ont échoué ?

– Si je ne réussis pas, j'aurai au moins tenté, rétorqua le Sauteriot. Ni l'âge ni la taille n'ont à voir dans l'affaire.

– Et les conséquences ne t'effraient pas ?

– La mort de ma sœur m'effraie encore plus.

Bref, l'enfant aux yeux de nuit ne voulut pas en démordre.

En dépit de ces arguments, et de tous ceux qu'on lui opposa par la suite, il insista tant et si bien qu'il finit par obtenir gain de cause.

1. Maraudeur : voleur de fruits dans les vergers.

À la tombée du jour, armé de son seul courage, il se rendit donc dans la chambre ardente. En le voyant si jeune, si frêle, les servantes se lamentaient, priant Dieu, son ange gardien et son saint patron de le secourir dans son épreuve. Le sire de Brou-Sancerre ordonna une messe en son honneur, où le chapelain lut à voix haute la prière aux agonisants.

À l'heure dite, les cris s'élevèrent.

Trente minutes ne s'étaient pas écoulées qu'on trouva le Sauteriot errant dans les couloirs. Il avait perdu la parole, et ses yeux étaient tant écarquillés d'horreur que, plus jamais, il ne put les refermer, même pour dormir.

C'est dans cet état qu'on le rendit à sa mère, dont on devine sans peine le désespoir. Pris de pitié, le sire de Brou-Sancerre envoya ses médecins afin d'ausculter la petite Églantine, et servit à Mariette une rente de six sous pour qu'elle puisse acheter du pain à ses enfants.

Quinze années passèrent. Églantine devint

une jeune fille accomplie, dont tout un chacun vantait les mérites. Car non seulement le ciel l'avait tournée à ravir, de taille comme de teint, mais elle était aussi bonne que belle. Toujours gaie, toujours serviable, elle semait la joie partout où elle passait, et nul ne faisait en vain appel à son bon cœur. Quant à son frère, elle l'aimait tendrement, bien qu'il fût demeuré muet et les yeux grands ouverts, de jour comme de nuit.

– Qu'as-tu vu, mon Sauteriot chéri ? lui demandait-elle sans cesse. Qu'y avait-il de si terrible dans cette chambre ardente, que tu ne t'en remettes point ?

Mais le Sauteriot ne répondait pas, et Églantine en était réduite aux suppositions.

Or, ces suppositions empoisonnaient sa vie. Et plus elle grandissait, plus son souci grandissait avec elle. Souvent, la nuit venue, elle sortait sans bruit de la chaumière familiale et courait aux abords du château, afin d'écouter les cris de la comtesse Magdeleine. Et elle restait là, dans l'ombre, tremblante et enfiévrée, à tenter de deviner ce qui se passait là-haut. En ces instants de vif émoi, elle priait de toute son âme. « Bonne vierge, disait-elle, quels que soient les supplices qu'elle endure, soulagez l'affliction de celle qui souffre derrière ces murs. Et arrêtez la main de ses bourreaux, car de tels agissements sont comme un crachat à la face du ciel, et ceux qui les commettent sont de bien grands pécheurs ! » Puis elle pensait à son frère, marqué à jamais dans son esprit et dans sa chair, et pleurait amèrement.

Lorsque Églantine atteignit seize ans, l'âge de raison des filles, elle prit une décision.

« Je saurai, se dit-elle. Et peut-être alors, connaissant la source de son mal, pourrai-je guérir mon Sauteriot. »

Elle se présenta donc devant le sire de Brou-Sancerre afin qu'il lui permît d'accéder à la chambre maudite. Mais ce dernier, ému par sa beauté, refusa tout net.

– Si l'argent te manque, je t'en donnerai, déclara-t-il.

– Ce n'est pas le besoin d'argent qui me pousse, répondit Églantine, mais l'amour que je porte à mon frère. J'ai idée qu'en voyant ce qui l'a tant impressionné, je le comprendrai mieux et pourrai lui venir en aide.

En vain le seigneur la mit-il en garde, tempêta-t-il, gémit-il, et la supplia-t-il de renoncer à son projet ; rien n'ébranla la décision de la jeune fille. Elle était de ces âmes bien trempées que nul ne peut détourner de leur devoir, fût-ce un prince à genoux. En désespoir de cause et le cœur lourd de peine, le sire de Brou-Sancerre finit par donner son accord, certain de condamner l'adorable créature à un tragique sort.

Minuit sonna. Et alors... alors...

... Alors, pour la dix millième fois peut-être, la comtesse apparut dans la chambre maudite, ligotée sur un chevalet. Et tandis qu'un bourreau en cagoule pourpre s'avançait vers elle, armé de tenailles, un autre sortait un fer rouge du brasero...

Les hurlements s'élevèrent, ainsi qu'une atroce odeur de chair brûlée. Mais Églantine n'eut pas peur. Dans son cœur, il n'y avait qu'une immense compassion pour celle qui se tordait de douleur sous ses yeux.

Plutôt que de s'enfuir, comme tous l'avaient fait auparavant, elle se jeta aux pieds des tortionnaires, implorant leur pitié. Et ses accents étaient si émouvants, si sincères, que tout fantômes qu'ils fussent, ils se laissèrent toucher. Leurs mains se firent moins lourdes, leurs instruments plus doux. Se penchant alors sur la suppliciée, Églantine arrosa de pleurs ses blessures, baisa ses plaies et la plaignit si fort que la malheureuse en fut soulagée. Peu à peu, ses cris s'apaisèrent. Des gémissements les remplacèrent, puis un silence tout chargé de sanglots. Et dans ce silence, les gens du château rassemblés dans la cour – car nul ne dormait, et le seigneur de Brou-Sancerre moins que quiconque – entendirent soudain une voix pure qui chantait. C'était Églantine, berçant la comtesse afin d'apaiser ses souffrances.

De ce jour, l'on n'entendit plus Magdeleine. Elle avait regagné sa place, en paradis. Le sire de Brou-Sancerre, qui était veuf, épousa Églantine dont, dès le premier instant, il était tombé follement amoureux, et lui donna de nombreux fils. Le Sauteriot ne guérit pas, mais, son handicap le rendant apte à ce poste, il fut employé comme veilleur de nuit sur les remparts. Quant à la Mariette, elle termina ses jours dans ce bonheur, choyée par son gendre, ses enfants et ses petits-enfants.

VIII

LE PENDU DE SAN MIGUEL

SI UN JOUR vous allez dans le petit village de San Miguel, au sud de Madrid, visitez donc l'église, dont l'antique campanile[1] date encore des croisés. Vous y verrez, dans une simple niche creusée à même la pierre, à droite de l'autel, une bien étrange statue : celle d'un pendu en or pur. Personne, aujourd'hui, ne se souvient de son histoire,

1. Campanile : clocher, dans les pays du Sud.

hormis quelques vieillards. L'un d'eux me la conta, un soir, à la veillée. Elle lui venait de son père qui, lui-même, la tenait du sien.

Il y a donc de cela bien des siècles naquit à San Miguel un gars aux yeux vairons[1]. Cela fit grand tapage, car ce regard, dit-on, est celui du Malin. Aussitôt soupçonnée de commerce avec le Diable, sa mère, une pauvre fille un peu simplette et qui l'avait conçu hors des liens du mariage, fut bannie du village. Elle trouva refuge dans une masure abandonnée, au fond de la forêt, s'y installa et y éleva son fils qu'elle nomma Angelo.

De ce sauvageon, nul ne sut rien jusqu'à sa dix-neuvième année. L'un ou l'autre chasseur l'apercevait parfois au détour d'un buisson, sombre de peau et plus fuyant qu'un lièvre. Mais il disparaissait bien vite, redoutant ses semblables qui le lui rendaient bien.

---

1. Des yeux vairons : des yeux de deux couleurs différentes, un brun et un bleu, par exemple. Longtemps, on considéra cette caractéristique physique comme la marque du diable.

« Quand l'animal grandit, ses dents grandissent aussi », disaient les anciens en hochant la tête. Et le ton de leur voix trahissait l'inquiétude.

L'enfant du Malin, en prenant de l'âge, n'allait-il pas devenir pire que le Malin lui-même ?

Or, il advint qu'au matin de Pâques, un terrible événement bouleversa San Miguel : à l'heure de la messe, le carillon ne sonna pas. Le *padre* eut beau agiter la corde, le campanile resta muet.

Et pour cause : pendant la nuit, quelqu'un avait volé le battant de la cloche.

Les fidèles s'éveillèrent donc fort tard, ce dimanche-là.

Le sacrilège fit grand bruit, causant plus de vacarme dans les chaumières que dix carillons en état de marche. Pensez donc : pas un seul fidèle à l'église, le jour de la Résurrection du Christ !

Qui avait pu commettre un si odieux forfait ? Le Diable, assurément ! Le Diable jouant un sale tour au Bon Dieu !

Le Diable ? Tous les regards se tournèrent spontanément vers la forêt.

– Si nous ne punissons pas le coupable, le ciel se vengera, dit un homme.

– Nos récoltes s'en ressentiront, ajouta un autre.

– Les dents de l'animal sont trop longues, à présent, conclut un troisième. Il faut l'empêcher de nuire.

Et tous, jeunes et vieux, d'approuver gravement.

Ils tinrent conseil jusqu'à la nuit tombée, puis décrochèrent leurs fusils. En les voyant partir, lanterne au poing, les femmes se signèrent. Le *padre,* averti, tenta de s'interposer, mais on ne l'écouta pas.

La battue dura jusqu'à l'aube. Et au petit jour, ce fut le tintement des matines qui réveilla le village.

Le *padre*, qui s'était endormi longtemps

après minuit, grimpa aussitôt au clocher.

« C'était donc Angelo qui avait volé le battant de la cloche ! se disait-il en gravissant, marche après marche, l'escalier en colimaçon. Mes braves paroissiens le lui ont repris... Que Dieu me pardonne, j'ai eu grand tort de ne pas les croire ! »

Et de bénir le Très-Haut de lui avoir donné de si bons chrétiens pour ouailles[1].

Lorsqu'il parvint en haut, le carillon sonnait à toute volée. Mais ce n'était pas le battant qui martelait ses flancs de bronze, c'était le corps d'un pendu. Un pendu sombre de peau et dont les yeux vairons reflétaient un effroi sans nom.

Le *padre* enterra Angelo au fond du petit cimetière, puis, dans un sermon fort virulent, invita les auteurs du crime à se repentir, à jeûner et à faire pénitence. Durant cinq semaines, tout le village ne mangea que du pain arrosé de bouillon maigre.

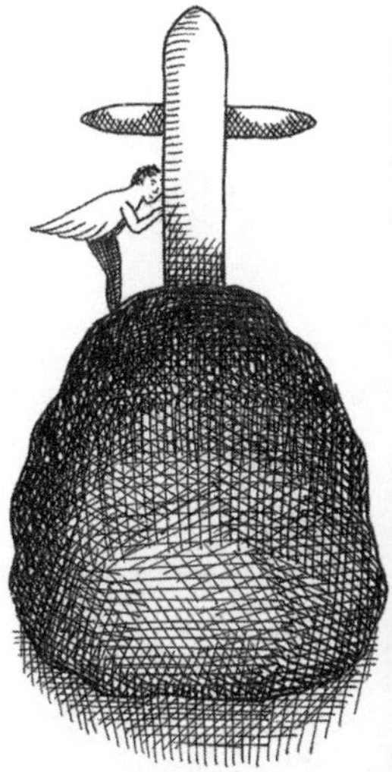

1. Ouailles : terme vieilli désignant les paroissiens.

À quelque temps de là, le bedeau tomba si malade qu'il mourut. Mais avant de trépasser, il avait eu le temps de soulager sa conscience. C'est ainsi que le *padre* apprit en confession le fin mot de l'affaire. Tout bedeau qu'il fût, cet homme-là était un fieffé coquin. Il avait lui-même dérobé le battant afin de le revendre, au poids du métal, à une forge voisine. L'argent se trouvait dans une cassette cachée sous les lames du parquet de sa chambre.

En rendant à Dieu ce qui lui appartenait, le moribond espérait mériter son pardon. Ne dit-on pas qu'un repentir sincère ouvre, même au malandrin de la plus belle espèce, les portes du paradis ?

Lorsqu'ils apprirent la vérité, honte et remords saisirent les villageois. D'un commun accord, toutes les femmes se défirent de leurs bijoux, afin d'expier le péché de leurs hommes. L'on fit fondre bracelets, chaînes et médailles pour modeler une figurine à l'effigie de la victime, et durant des siècles, le tragique événement fut pieusement commémoré.

Mais le plus étonnant, c'est que, même pourvue d'un battant tout neuf, la cloche de San Miguel resta muette. En revanche, chaque lundi de Pâques, un cri lancinant s'élève de la forêt. C'est la mère d'Angelo qui pleure son fils assassiné.

IX

LE BOUCHER DE DELFT

CET HIVER-LÀ, la famine sévissait dans toute la Hollande. Bêtes et gens mouraient sur le bord des routes, qui de froid, qui d'inanition. La ville de Delft elle-même – pourtant riche, opulente, et renommée pour ses faïences qui ornaient tous les palais d'Europe ! – n'était pas épargnée. Et Hans Kroef, le boucher, avait bien du mal à garnir son étal.

Vint à passer un prince qui lui dit :

– Tu es le meilleur boucher de la région. Nul, comme toi, ne sait sélectionner les viandes les plus tendres et en débiter les morceaux de choix. Dans huit jours, ma fille se marie. Fais en sorte que mes invités se régalent, et tu seras un homme riche.

– Les temps sont durs, Seigneur, protesta Hans Kroef. Où irais-je chercher les chairs fondantes et grasses que vous me demandez ? Fût-ce à prix d'or, on ne trouve plus un agneau, dans les fermes d'alentour, ni même une chèvre. Encore moins une vache ou un veau, car, tout comme les pâturages, les étables sont vides.

– Alors, procure-moi de la volaille, du gibier. Ton prix sera le mien, et, si tu le souhaites, je mettrai mes chasseurs à ta disposition !

– Hélas, Seigneur, les bois aussi sont vides. Le moindre lapereau a été dévoré. Aujourd'hui, les gens ont si faim qu'une caille rôtie leur semble un festin et qu'un caneton de huit jours nourrit une famille entière. Quant aux pinsons, moineaux et autres sansonnets – qui pourtant n'ont que la plume sur l'os ! – on se les arrache pour les fricasser, bec et pattes compris.

C'était là un discours qui ne plut guère au prince.

– Peu importe avec quoi, mais remplis-nous la panse ! s'écria-t-il, en éperonnant son cheval. Dans trois jours, je t'enverrai mon mitron[1]. S'il revient de chez toi chargé de victuailles, je saurai délier ma bourse. Mais s'il rentre bredouille, crains mon courroux !

Bien embarrassé, Hans Kroef se mit à battre la campagne, en recherche de quelque provende[2] qui pût satisfaire son redoutable client. Hélas, les choses étaient en tout point telles qu'il les avait prévues, et même bien pires. Ce n'était partout que prés à l'abandon, bergeries dépeuplées et basses-cours désertes.

« En serai-je réduit à débiter du rat ? » se demandait le pauvre homme fort inquiet.

1. Mitron : jeune cuisinier.

2. Provende : provision.

Et de se morfondre, car la chair de ces rongeurs est âpre, filandreuse et de texture si ferme qu'on s'y brise les dents.

« Si je lui fournissais si piètre nourriture, mon seigneur serait capable de m'occire, en retour ! Ou, au mieux, de me faire bastonner[1] par ses gens ! »

Ainsi pensait Hans Kroef, lorsqu'il croisa trois jeunes enfants qui s'en allaient glaner au champ. L'aîné ne devait pas avoir huit ans, le plus jeune à peine cinq. Penchés sur le sillon, ils grattaient la terre gelée.

– Bonjour, mes petits, leur dit le boucher. Que faites-vous donc ?

– Nous cherchons à manger pour notre mère malade, répondit l'aîné.

– En vain, hélas, ajouta le second.

Et le tout-petit de conclure :

– Pauvre maman, elle va mourir !

1. Bastonner : battre à coups de bâton.

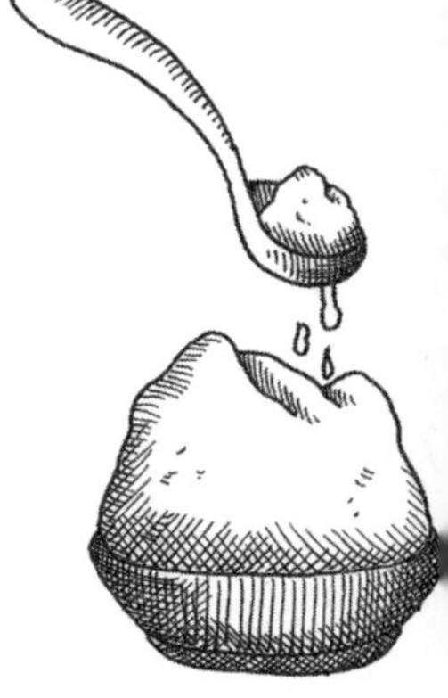

Pris de pitié, Hans Kroef proposa :

– Venez donc chez moi. Il reste un peu de lard au fond de mon saloir, je vous le donnerai.

Les enfants acceptèrent avec reconnaissance. À peine étaient-ils dans la boucherie que le mitron du prince y entra à son tour.

– Mon maître m'envoie quérir les viandes promises !

– Je ne les ai point, répondit le boucher.

– Cherche encore, je reviendrai dans deux heures. Et si, d'ici là, tu n'as rien trouvé, il t'en cuira !

Fort tracassé, Hans Kroef s'en retourna vers les trois bambins.

Sur son ordre, ils se régalaient de pain et de saindoux. En les voyant si beaux, si roses et si pleins de grâce, malgré leur maigreur, un projet infâme germa dans son esprit. Il le repoussa tout d'abord avec horreur, mais l'idée revint, plus pressante encore.

Car cette idée était l'œuvre du démon, et il s'y connaît en tentation, le bougre !

« Regarde-les, ces enfançons, lui soufflait-il. Ne dirait-on pas de tendres agneaux, des cochons de lait ? »

Et le boucher de trouver qu'en effet, ces enfançons avaient de l'agneau la douceur extrême, et du porcelet le teint velouté.

« Proprement découpés et bonifiés d'épices, ils feraient illusion ! » continuait le démon.

Et le boucher de penser qu'en effet, on n'y verrait que du feu.

« Pourquoi attendre que la misère les tue lentement ? reprenait le démon. Ne vaudrait-il pas mieux, pour eux, en finir vite et sans souffrances ? »

« Oui, admettait le boucher, il vaudrait mieux... Une fois leur mère morte, ce qui ne saurait tarder, ils seront orphelins, se disait-il en lui-même. Quel sort les attendra alors, pauvres chérubins ? Qui prendra soin d'eux, qui les nourrira ? »

« Sans compter qu'ils sont purs, insistait le démon. Leurs âmes monteront tout droit au paradis. Alors qu'en grandissant, peut-être se damneront-ils. N'est-ce pas une belle action que de leur épargner les tourments de l'enfer ? »

« C'est une belle action, reconnaissait le boucher. »

« Dans deux heures, le prince attend son dû, poursuivait le démon. S'il ne l'a point, je ne donne pas cher de toi. Le bruit court que ses geôles sont pleines et son bourreau adroit. Mais il est généreux lorsqu'on le satisfait. Du bel or sonnant et trébuchant plutôt que les fers et la tenaille, le jeu en vaut la chandelle, ce me semble ! »

« Oui, convenait le boucher, le jeu en vaut la chandelle. » Et, comme les enfançons mangeaient à belles dents, il se disait encore : « N'est-ce pas un privilège de partir le ventre plein, par ces temps de famine ? Mon grand couteau est affûté, ils ne sentiront rien. Avant qu'ils comprennent ce qui leur arrive, il ne restera d'eux que jambons, côtelettes et salaisons. »

Bref, quand les trois bambins eurent terminé leur repas, Hans Kroef leur proposa :

– Allons quérir le lard pour votre mère, car il se fait tard, elle doit s'inquiéter.

Et il les entraîna dans son arrière-boutique dont il ferma soigneusement la porte, les tua, les mit au saloir, et attendit le mitron du prince.

Celui-ci, satisfait, paya le prix convenu et même bien au-delà, puis rentra au château se mettre aux fourneaux.

Or, parmi les invités de la noce se trouvait un évêque du nom de Sint Niklaas[1]. Cet évêque était fort gourmand, de sorte qu'il

---

1. Sint Niklaas – que l'on traduit en France par saint Nicolas – est aujourd'hui le patron des enfants. Dans de nombreux pays nordiques, on le fête le 5 décembre en distribuant des cadeaux. Sint Niklaas est également à l'origine du Santa Klaus anglo-saxon, qui n'est autre que le père Noël.
La légende de saint Nicolas, située ici aux Pays-Bas, a cours également en Allemagne, en Italie, en Russie et en Turquie, saint Nicolas ayant été évêque de Smyrne.
Hans Kroef, pour sa part, ne fut pas oublié puisqu'il est devenu, par la suite, le Hanscrouffe – ou père Fouettard – qui accompagne saint Nicolas dans sa tournée et, armé d'un martinet, corrige les méchants enfants.

rôdait autour des cuisines afin de humer l'odeur des marmites. Cependant qu'il admirait les jambons, côtelettes et salaisons posés dans des panières en attente de cuisson, un ange apparut et lui dit :

– Les viandes que voici ne sont ni d'agneaux, ni de porcelets, mais d'enfançons.

L'évêque n'en crut pas ses oreilles.

– Une telle barbarie n'a pas de sens commun, raisonnait-il tout bas, et le cuisinier a l'air d'un bon chrétien !

Mais les anges ne sont pas coutumiers du mensonge ; douter d'eux, c'est leur faire insulte. Sint Niklaas, s'approchant des panières, se mit donc à parler aux viandes :

– Créatures de Dieu, de quelle nature êtes-vous ?

Les filles de cuisine, valets et marmitons l'entourèrent en riant.

– Ce saint homme est un fou ! murmuraient-ils. Trop d'appétit le fait délirer. Regardez, il converse avec les aliments !

Mais un miracle eut lieu, qui leur fit rentrer le rire dans la gorge.

– Nous sommes des enfants, répondaient les viandes.

– Et que faites-vous là ? demanda l'évêque.

– Hans Kroef, le boucher, nous a découpés et mis au saloir.

En entendant des voix enfantines sortir des jambons, côtelettes et salaisons, l'assistance tomba à genoux. Alors Sint Niklaas étendit le bras, ordonnant d'une voix forte :

– Par les cinq plaies du Christ, enfants, revenez à la vie !

Aussitôt, les morceaux s'assemblèrent pour reprendre forme humaine. Et l'on put voir trois galopins tout nus se dresser dans les panières.

En apprenant la chose, le prince se fâcha. Il fit chercher Hans Kroef et le livra au bourreau. Mais Sint Niklaas, qui était la bonté même, obtint sa grâce et le boucher, reconnaissant, s'attacha désormais à ses pas. Il devint son laquais et le servit fidèlement jusqu'à la fin de sa vie. Le prince, quant à lui, prit les trois bambins sous sa protection, ainsi que leur mère. Si bien que, malgré la dureté des temps, aucun d'eux n'eut plus jamais faim.

X

Le Spectre aux cheveux d'or

À l'angle de l'actuelle rue Pierre-Lescot et de la rue de la Grande-Truanderie, dans le premier arrondissement de Paris, se trouvait jadis le carrefour d'Ariane, célèbre par son puits que l'on disait sans fond. Il fut le théâtre d'une bien étrange affaire.

Agnès Hellebic et Antoine Painlevé s'aimaient tendrement. Ils s'étaient promis le mariage et se retrouvaient chaque soir sur la margelle du puits, pour s'y conter fleurette. Il fallait les voir, les mains dans les mains, l'œil au fond de l'œil, deviser à mi-voix dans le crépuscule. Et demeurer là, tout à leur émoi, jusqu'à la nuit noire, puis se quitter à regret dans l'attente du lendemain.

Hélas, ces rendez-vous, pour charmants qu'ils fussent, déplaisaient à certaines gens. Le spectacle du bonheur dérange qui en manque, si bien que les mauvaises langues allaient bon train. Une femme surtout, surnommée La Borgnesse, veuve de fraîche date et lavandière de son état, jalousait les deux tourtereaux. Elle décida de leur jouer un vilain tour, et le fit si adroitement qu'ils tombèrent dans le panneau.

Cette manigance eut de tragiques conséquences.

Un soir, donc, Antoine arriva le premier au puits. Il rêvait à sa bien-aimée quand La Borgnesse l'apostropha.

– Mon bon jeune homme, lui dit-elle d'une

voix geignarde, j'ai bien mal au dos. L'âge en est la cause. Pourriez-vous m'aider à porter cette manne de linge jusque chez moi ?

Étant de nature serviable, Antoine accepta avec empressement. Il chargea la manne sur son dos et suivit La Borgnesse. Tout en se confondant en remerciements, elle l'entraîna quelques rues plus loin, dans une demeure fort délabrée. Il y pénétra sans méfiance, mais à peine en eut-il franchi le seuil qu'elle claqua la porte et l'enferma à clef. Puis, sourde à ses cris, elle s'en retourna au carrefour d'Ariane, guetter la venue d'Agnès.

Celle-ci ne tarda pas. C'était une créature comme on en rencontre peu, belle et bonne à ravir. Et, comble de grâce, sa longue chevelure était si blonde qu'elle semblait une coulée d'or pur.

Assise sur la margelle, la mignonne enfant attendait, confiante. Et chantonnait, tout en tressant les mèches de ses cheveux dorés.

La Borgnesse passa son chemin comme si

de rien n'était, et s'en fut, sous les arbres, pour l'observer de loin.

Le temps s'écoula. Agnès avait cessé de chanter. Elle regardait à droite et à gauche, étonnée, tout d'abord, puis de plus en plus anxieuse. Ne voyant pas venir celui qu'elle attendait, et la soirée étant déjà bien avancée, elle finit par s'adresser à La Borgnesse qui n'avait pas bougé de son poste d'observation.

– Auriez-vous aperçu un fort joli garçon, de haute taille et d'aimable figure ? lui demanda-t-elle poliment.

Cette méchante femme riait sous cape.

– Celui qui, chaque jour, vous rend visite ici ? Oui, je l'ai vu, en compagnie d'une autre demoiselle. Une brunette si mes souvenirs sont bons. Avec quel empressement il l'a suivie, grands dieux ! On aurait dit un chien aux trousses d'une chienne !

En entendant cela, Agnès pâlit.

– Mon bien-aimé m'a trahie, gémit-elle en

se tordant les mains. Je ne puis survivre à un tel chagrin.

Et elle courut se jeter dans le puits. Ainsi, ce qui aurait dû n'être qu'une mauvaise farce devint une tragédie.

Entre-temps, des voisins, alertés par les appels d'Antoine, l'avaient délivré. Hélas, quand le jeune homme parvint au lieu du rendez-vous, ce n'est point sa belle qu'il y trouva, mais un attroupement. Saisi d'un terrible pressentiment, il fendit la foule et se pencha sur la margelle. Ce fut comme si une lame lui transperçait le cœur. Car d'Agnès, il ne restait qu'une chevelure blonde, flottant dans l'eau sombre tel un rayon de lune.

Il voulut la rejoindre mais on l'en empêcha. Alors, le cœur brisé, il s'effondra sans connaissance.

On le transporta chez lui où sa mère le soigna. Il demeura de longs mois entre la vie et la mort, sujet à d'atroces délires. Lorsque enfin il put se lever, nul ne le reconnut tant il avait maigri. Sa chevelure aile-de-corbeau était devenue entièrement blanche et, à force de pleurer, ses yeux, enchâssés dans leurs orbites creuses, semblaient ceux d'un vieillard.

Il apprit que les restes d'Agnès avaient été retirés du puits et jetés dans la fosse commune, car, suivant les préceptes de notre sainte mère l'Église, un suicidé n'a pas droit à l'enterrement chrétien. Privées de sépulture, les âmes de ces grands criminels (de l'avis des théologiens, il n'est pire infamie que de se supprimer soi-même !) demeuraient errantes pour l'éternité.

Ceci plongea Antoine dans un nouveau désespoir. Se souvenant qu'Agnès était de souche bretonne, il partit sur l'heure pour le Morbihan. Là, après moult recherches et de nombreux refus, il finit par trouver un prêtre compréhensif. Pour une somme rondelette, ce dernier consentit à bénir le puits fatal, afin d'attirer sur l'infortunée défunte l'indulgence du ciel.

Mais le résultat ne fut pas celui qu'on escomptait. On ne bafoue pas impunément les traditions chrétiennes. Au lieu de monter jusqu'à Dieu, sa prière descendit vers Satan qui s'en trouva fort aise. Dès lors, non seulement l'âme d'Agnès Hellebic ne connut pas le repos, mais elle revint sous forme de fantôme.

La première fois qu'Antoine la vit, il crut mourir d'effroi.

Comme chaque soir à l'heure du rendez-vous d'antan, il se recueillait sur la margelle, lorsqu'une forme impalpable et d'une blancheur translucide en sortit. Cet être – si tant est que le mot « être » pût s'appliquer à cette sorte d'apparition – l'eût fait fuir à toutes jambes, sans la longue chevelure d'or qui couvrait ses épaules.

– Agnès, est-ce toi ? souffla-t-il, dès qu'il retrouva l'usage de la parole.

L'apparition lui affirma que oui. Touchée par sa fidélité, elle avait, lui dit-elle, obtenu de la Mort ce sursis afin qu'ils puissent quand même consommer leur union. Et tandis qu'elle parlait, son visage arborait un si triste sourire qu'Antoine ne put se retenir de lui ouvrir les bras.

Toute la nuit, ils s'étreignirent. Et le lendemain. Et d'autres fois encore. C'était, en vérité, une bien étrange chose que ce jeune homme au visage de vieillard et cette femme désincarnée s'aimant au bord d'un puits sans fond, alors que toute la ville dormait.

Au matin, Agnès disparaissait, laissant à son amant, pour preuve qu'il n'avait pas rêvé, des cheveux d'or accrochés à sa veste. Antoine, pour sa part, ne vivait plus que dans l'attente de ces retrouvailles. Il prit l'habitude de dormir le jour et de ne plus sortir qu'à la nuit noire, de sorte que son teint s'en ressentit. Il fut bientôt si blême que les rares passants qui le croisaient dans la rue, tandis qu'il se rendait au carrefour d'Ariane, tremblaient de peur, croyant voir un revenant.

Un soir, cependant, Agnès ne vint pas. Ni le

suivant, ni plus jamais. En deuil pour la seconde fois, Antoine se remit à dépérir, mais ne manqua pas pour autant le rendez-vous nocturne. Et là, tel un veuf éploré sur le tombeau conjugal, il sanglotait jusqu'au petit jour.

Quelle ne fut pas sa surprise, à quelque temps de là, de trouver un panier posé sur la margelle. Un double vagissement s'en échappait. Il contenait deux nouveau-nés, une fille et un garçon, aussi blonds et pâles qu'Agnès.

– Nos enfants... murmura Antoine, bouleversé.

Il les nomma Lune et Soleil. Mais lorsqu'il voulut les faire baptiser, les curés des paroisses voisines s'y refusèrent avec horreur.

Antoine n'eut d'autre choix que de s'adresser à nouveau au prêtre breton. Mal lui en prit, car à l'instant où l'eau bénite touchait leur front, Lune et Soleil se changèrent en rats. On apprit, peu après, la mort de La Borgnesse, rongée vive durant son sommeil.

À dater de ce jour, les rats proliférèrent dans

les égouts de Paris. Ils atteignirent bientôt un nombre tel que les autorités s'en alarmèrent, usant tour à tour contre eux du poison et du feu.

En vain : ces bêtes étaient magiques et résistaient à tout. On attribua le phénomène au fait qu'ils étaient nés de l'accouplement de Lune et de Soleil, eux-mêmes issus d'amours contre-nature entre une défunte et un vivant. Seul un exorcisme pouvait en venir à bout. Ce dernier fut pratiqué par l'évêque de Paris en personne, assisté de cinquante prélats, mais ne donna pas le résultat escompté. Si l'on en croit les égoutiers, les rats de Paris ne disparaîtront qu'avec Paris lui-même.

XI

HISTOIRE DE LA GREDINE QUI FIT LA NIQUE AU DIABLE

LORSQU'AU XIVe siècle, les chanoines de Paris demandèrent à Francisque Biscornet de confectionner les serrures de Notre-Dame, alors en construction, il en fut à la fois flatté et inquiet. Flatté, car cette commande confirmait sa réputation de maître serrurier, inquiet car il ne se sentait pas à la hauteur de la tâche.

C'était un homme étrange que ce Biscornet-là. Ombrageux et jamais content de lui, il courait obstinément après la perfection et, ne l'atteignant pas – la perfection n'a pas cours en ce monde, étant de caractère divin ! –, en éprouvait de l'affliction. Sa femme Pernette, tout à son opposé, était gaie, hardie et futée comme pas deux, de sorte qu'on ne vit jamais ménage mieux assorti. Car le ciel, dans sa bienveillance, s'était plu ici à unir les contraires, afin qu'ils se complètent, tout comme Adam et Ève au paradis terrestre.

Bref, Francisque était bien en peine. Il avait perdu le boire et le manger, et de l'aube au crépuscule (quand ce n'était pas du crépuscule à l'aube !) restait dedans sa forge à ferronner sans trêve. Il concevait mille serrures plus adroites les unes que les autres mais, à peine achevées, détruisait ses œuvres, à la manière de Pénélope qui décousait la nuit ses broderies du jour[1].

---

1. Pénélope, épouse d'Ulysse et reine d'Ithaque dans l'*Odyssée* d'Homère, avait été contrainte de se fiancer avec un homme qu'elle n'aimait pas, car on la croyait veuve. Le mariage devait avoir lieu lorsqu'elle aurait fini de broder sa tapisserie. Persuadée que son mari était toujours en vie, elle défaisait la nuit le travail de la journée, afin que sa tapisserie ne soit jamais terminée. Elle symbolise aujourd'hui la fidélité conjugale.

Ceci mécontentait grandement dame Pernette. Aussi ne se privait-elle pas de le houspiller. « Tu vas tomber malade à te conduire de la sorte, disait-elle. Il te faut dormir, te nourrir ! Tu n'auras tantôt plus la force de marteler ! Nous serons bien avancés alors : qui remplira d'écus notre escarcelle[1] ? » Et de se morfondre, entre les draps du lit conjugal vide ou devant l'assiette de son époux restée pleine.

Rien n'y fit. Francisque poursuivit ses fiévreuses recherches, sans y trouver satisfaction. Si bien que, le temps étant venu de rendre son travail, il n'eut d'autre choix que de s'adresser au Diable.

– Satan, s'écria-t-il, viens à mon aide et tu auras mon âme !

Le Diable ne se le fit pas répéter. En un tournemain, par la magie de ses pouvoirs infernaux, il créa des serrures si parfaites que Francisque n'en crut pas ses yeux.

1. Escarcelle : bourse.

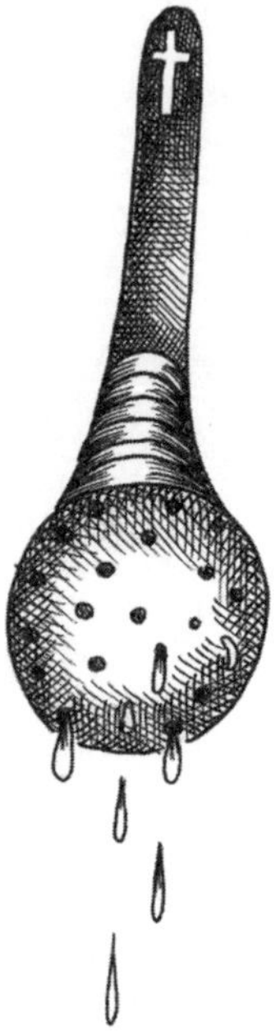

Le lendemain, les chanoines vinrent prendre livraison de la commande.

– Vous avez conçu là de purs chefs-d'œuvre, brave homme ! s'écrièrent-ils, éblouis. Mais votre santé s'en ressent, il faut vous reposer !

Et le serrurier d'approuver, tout en contemplant avec un respect mêlé d'épouvante la magnificence d'un travail qu'il n'avait point fourni, mais que tous lui attribuaient.

Les serrures, posées aux portails de la cathédrale, ne purent être actionnées qu'une fois arrosées d'eau bénite. Ce qui, à nouveau, fit crier au prodige.

Et chacun de s'extasier devant tant de merveilles, sans en soupçonner la nature diabolique.

Suite à cet événement, la réputation de Francisque Biscornet se mit à croître et embellir. Les commandes affluaient à sa forge, on le sollicitait des quatre coins de France. Ses coffres s'emplirent de pièces d'or, ses armoires de linge et de vaisselle. La Pernette eut des cottes[1] à faire blêmir les dames de cour. Mais ces bonnes fortunes, loin de réjouir le serrurier, ne lui apportaient que honte et remords.

Il finit, un beau jour, par s'en ouvrir à sa femme. Il lui avoua tout, sans rien cacher de sa faute. Ce récit effara grandement la Pernette.

– Ainsi, dit-elle, tu as renoncé à ta place en paradis pour une serrure ?

Francisque dut bien admettre que oui.

– As-tu pensé à moi qui serai privée de mon homme, là-haut ? Comment pourrai-je jouir du bonheur éternel si nous ne le partageons pas ?

Devant le bien-fondé du reproche, le serrurier versa des larmes amères. Ce que voyant, la Pernette décida de prendre les choses en main.

– Fort bien, déclara-t-elle, Satan se croit malin ? Qu'il prenne garde, cependant : à Malin, malin et demi. Je n'ai pas dit mon dernier mot !

1. Cottes : robes de l'époque.

Puis elle se tourna vers son époux :

– As-tu en ta possession un pacte, une reconnaissance de dette ?

Francisque lui montra un parchemin, signé de son sang, stipulant en toutes lettres qu'après sa mort, Satan l'emporterait corps et âme en enfer.

– Rira bien qui rira le dernier, s'exclama la Pernette.

Puis elle plaça un coussin sous sa robe pour feindre la grossesse, et s'en fut appeler le Diable à pleine voix.

Ce dernier apparut aussitôt.

– Que me veux-tu, femme ?

– Te proposer un marché qui t'intéressera sans doute. L'âme de mon mari est celle d'un grand pécheur. En la lui achetant, tu t'es fait rouler. Il boit, vole ses clients, brutalise son épouse, rudoie ses ouvriers. De toute façon, avec ou sans pacte, il sera damné. Or, je vais être mère. L'enfantelet que je porte est pur. Pratiquons un échange entre lui et son père, de sorte que si, par malheur, il venait à mourir en bas âge, c'est d'un angelot que tu priverais le ciel. N'est-ce pas là une bien meilleure affaire ?

La gredine mentait avec tant de finesse que le Diable, trompé, se rendit à ses raisons.

– Comment s'appellera ton futur enfant ? s'enquit-il.

– Séraphin, répondit Pernette sans hésiter.

Le Diable raya le nom de Francisque sur le pacte, le remplaçant par celui de Séraphin Biscornet. Puis, enchanté de la tractation, il s'en fut en se frottant les mains.

Quelques mois passèrent, durant lesquels Pernette, en grand secret, façonna une marionnette en tous points semblable à un nouveau-né. Puis, le temps des couches étant venu, elle fit semblant de mettre ce poupon au monde, le langea, le vêtit de laine et le posa dans un berceau. Le Diable, qui surveillait du coin de l'œil son patrimoine, put la voir, en mère accomplie, lui donner le sein et le bercer bien doucement, en chantant *Dodo l'enfant do.*

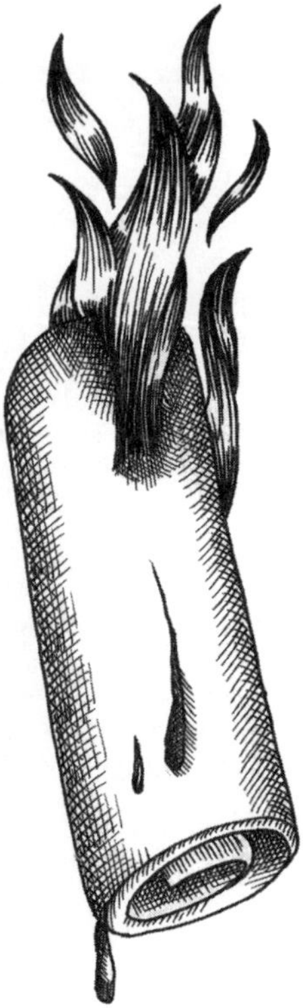

Afin de hâter les choses, il envoya à Séraphin quelques rats porteurs de maladies infantiles, si bien qu'il ne fut pas étonné, un beau matin, d'entendre la Pernette pousser des cris perçants.

– Mon bébé est mort ! geignait-elle, donnant tous les signes d'un grand désespoir. Voyez, ses yeux sont clos et il a la peau plus froide que du bois !

Satan vint aussitôt chercher son dû. Et tandis que la mère, effondrée – en apparence, du moins –, lui tendait le faux nourrisson enveloppé dans une couverture, il prit le pacte à présent inutile et le jeta au feu. Puis il regagna l'enfer avec son léger fardeau, sans se douter du subterfuge.

Ainsi Pernette Biscornet sauva-t-elle l'âme de son époux en jouant un bon tour au Diable. Et les hurlements de rage de ce dernier, lorsqu'il se rendit compte qu'elle s'était moquée de lui, n'y purent rien changer.

Quant aux serrures maudites, elles ornent

toujours les portails latéraux de Notre-Dame, et, cinq siècles plus tard, leur perfection demeure une énigme pour les historiens.

XII

LE PETIT BOSSU QUI CACHAIT UNE FÉE DANS SA BOSSE

IL ÉTAIT une fois un petit bossu pas plus haut que trois pommes.

Or, un jour qu'il traversait les bois pour se rendre à la ville, il buta sur ce qu'il prit, d'abord, pour une reinette. Mais à mieux y regarder, cette reinette avait un corps de femme d'une grâce extrême, un fort joli minois et une paire d'ailes, le tout ne dépassant pas la longueur d'un pouce.

Tout émerveillé, le bossu la ramassa.

La fée – car c'en était une – semblait évanouie. Le bossu s'assit sous les branches d'un chêne pour attendre qu'elle se ranimât, ce qui ne tarda point.

– Le sorcier rouge me poursuit, expliqua-t-elle. Il veut m'épouser mais je ne l'aime guère et préférerais mourir que de lui céder. Je t'en prie, bossu, sauve-moi !

Le bossu avait le cœur tendre. Pris de pitié, il cacha la fée dans sa bosse et poursuivit son chemin comme si de rien n'était.

Il se sentait léger, léger... Car la protubérance qui déformait son dos, et que, d'ordinaire, il maudissait lui paraissait soudain précieuse et bonne, puisqu'une fée y avait fait son nid.

Soudain, un être affreux lui barra la route. Il était pourpre de la tête aux pieds, comme s'il s'était baigné dans une mare de sang. En le voyant si laid, le bossu eut grand-peur, mais sans en rien laisser paraître.

– Je cherche ma fiancée, tonna le sorcier. Ne l'as-tu point croisée ?

– Non, répondit le bossu, je m'en vais à la ville et n'ai croisé personne.

– Tu me mens, sacripant ! s'écria le sorcier. Ma fiancée est là, dans ta bosse. Si tu ne me la rends pas, je te couperai la langue !

En entendant cela, la fée se mit à pleurer.

– Garde-moi, cher bossu, suppliait-elle. Car si tu m'abandonnes, j'en mourrai !

Alors le petit bossu rassembla son courage et refusa. Ivre de colère, le sorcier sortit son grand couteau et lui coupa la langue. C'est ainsi que le petit bossu devint muet.

Mais que lui importait ? La fée, dans sa bosse, chantait du matin au soir, et tout le monde disait : « Avez-vous entendu comme le petit bossu a une jolie voix ? »

À quelque temps de là, le sorcier revint le voir. Il était encore plus furieux que la première fois.

– Rends-moi ma fiancée, hurla-t-il, ou je te crève les yeux !

En entendant cela, les pleurs de la fée redoublèrent.

– Garde-moi, cher bossu, suppliait-elle. Car c'est toi que j'aime, et si tu m'abandonnes, j'en mourrai !

Le petit bossu, qui n'avait plus de langue, secoua la tête afin de signifier son refus au sorcier. Alors celui-ci sortit son grand couteau et lui creva les yeux. C'est ainsi que le petit bossu devint aveugle.

Mais que lui importait ? La fée, dans sa bosse, lui murmurait des mots d'amour. De ce jour, le bossu vit le monde avec les yeux du cœur.

Une troisième fois, le sorcier revint. Sa fureur était telle que, sans rien demander, il saisit le bossu, le jeta sur son épaule et l'emmena dans son antre. Là, il le fit rôtir à petits feux, si bien que le malheureux en mourut.

C'est ainsi que le petit bossu se retrouva aux portes du paradis.

– Qu'y a-t-il dans ta bosse ? lui demanda saint Pierre, avant de lui ouvrir.

– Une fée, grand saint Pierre.

– Ne sais-tu pas que les fées sont interdites ici ? Ce ne sont pas des créatures de Dieu, mais des inventions païennes ! Une fée en paradis, fi ! Pourquoi pas un dragon ou une licorne ?

Alors, à son tour, le bossu se fâcha.

– J'ai toujours été bon et brave, s'écria-t-il. Jamais je n'ai commis le mal, et bien que le ciel m'ait joué un vilain tour, à ma naissance, je ne lui en ai jamais tenu rigueur !

– Cela est vrai, reconnut saint Pierre en consultant son grand livre.

– J'ai donc mérité le bonheur éternel ?

– Plus que quiconque.

– Et pourtant, vous me le refusez, car il n'est pas de bonheur sans ma fée. Pour la garder, j'ai souffert mille morts, et je préfère l'enfer en sa compagnie plutôt que le paradis sans elle !

Ému par un tel argument, saint Pierre céda, mais en lui recommandant de n'en rien dire à personne. Et c'est ainsi que, grâce à l'amour d'un petit bossu, une fée entra en paradis.

XIII

LE CHAT QUI SOURIAIT EN MONTRANT TOUTES SES DENTS

IL Y AVAIT jadis, dans les contrées moldaves, une ville étrange où régnait un chat. Je dis bien un chat, point un homme. Et pas n'importe quel chat : celui-ci souriait, de jour comme de nuit, laissant voir sa denture d'une oreille jusqu'à l'autre. Or, c'était grand effroi que ce sourire-là, car il n'exprimait pas la joie, comme tout sourire qui se respecte, mais autre chose de bien plus inquiétant, dont nul n'eût pu dire si c'était cruauté, bravade ou ironie.

Ces sortes de sourires portent le nom de « rictus » et le méritent bien.

Ce chat, donc, gouvernait une population de pauvres paysans qui ne s'en étonnaient guère. Ils n'avaient jamais connu d'autre souverain, ni leurs parents avant eux, ni même leurs grands-parents, et, étant isolés du reste du monde, ignoraient que ceci était fort incongru. Ainsi donc, an après an, siècle après siècle, le chat qui souriait exerçait son pouvoir sans que ce dernier fût remis en cause.

Cette bête sans pitié ne parlait jamais, mais savait se faire comprendre de sa garde personnelle, qui était bien armée, de ses ministres et surtout de son bourreau. Un simple miaulement suffisait à condamner ses sujets aux pires supplices, sans que personne sût pourquoi ni ne contestât sa décision.

Une légende courait dans le pays que le jour où le tyran cesserait de sourire, il serait aussitôt déchu. Mais ces sortes de choses se chuchotaient à voix basse, car du plus loin que remontent les mémoires – jusqu'à la trente-sixième génération, à peu près –, un tel événement ne s'était jamais produit. Et chacun avait la conviction qu'il ne pouvait se produire.

Bogda, le petit potier, pensait différemment. La révolte grondait en son cœur, sa famille ayant été fort éprouvée par le tyran.

Son père, sans raison, avait eu la tête tranchée. Sa mère, pour avoir trop pleuré lors de l'exécution, croupissait dans les geôles du palais. Et sa sœur, une enfant toute de douceur et d'innocence, était condamnée, par édit royal, à tourner sans cesse dans la crème fouettée dont se nourrissait exclusivement la cour. Quant à lui, à peine âgé de treize ans, il trimait dur pour assurer sa subsistance et, n'ayant plus de maison, logeait dans un tonneau sur le bord de la route.

Il y avait bien là matière à se poser mille questions !

Or donc, Bogda se les posait. « Qui est ce chat ? se demandait-il. Et pourquoi sourit-il sans cesse ? Et comment se fait-il qu'il occupe ce trône depuis aussi longtemps ? Et pourquoi tout le monde accepte-t-il cela, sans jamais protester ? »

Ainsi, durant des heures, au fond de son tonneau, tandis que la lune voyageait dans le ciel, Bogda s'interrogeait. Mais toutes ses questions restaient sans réponse, et il finissait pas s'endormir aux premières lueurs du jour, le cœur bien en peine.

Une nuit, cependant, à force de réfléchir, il en arriva à cette conclusion : il fallait à tout prix se débarrasser du chat. Mais de quelle manière ? Là était le problème. Renverse-t-on un souverain lorsqu'on a treize ans et qu'on n'est qu'un petit potier ? Surtout un souverain de cette sorte, qui depuis des siècles montre toutes ses dents ?

Bogda avait beau se creuser les méninges, il n'entrevoyait pas la moindre solution.

À la longue, pourtant, une idée lui vint. Il courut vers son tour et modela une jarre si grande qu'il pouvait y tenir tout entier. Puis il la laissa sécher au soleil, la décora de signes bizarres et, à la nuit noire, la porta devant les marches du palais. Ensuite, après avoir placé un écriteau devant, il se glissa à l'intérieur, rabattit le couvercle et attendit.

Au petit matin, un garde aperçut l'étrange poterie. Il en référa à ses supérieurs qui s'approchèrent avec méfiance. Bientôt, un véritable attroupement entoura l'objet, dont personne n'osait présumer du contenu. Était-il dangereux ? Effrayant, voire effroyable ? Et les commentaires d'aller bon train, car sur la pancarte était écrit ceci : *Don des habitants de la Lune.*

Après avoir longuement hésité, on finit par transporter la jarre dans la salle du trône. Puis on alla quérir le chat, qui s'éveillait tout juste.

Ce dernier observa avec attention la poterie venue du ciel, puis ordonna, d'un geste, qu'on en retirât le couvercle. Cela fut fait dans un profond silence, si bien qu'à l'instant où Bogda jaillit à l'air libre, tous les assistants sursautèrent. Seul le chat demeura impassible et souriant, comme à l'accoutumée.

Le petit potier portait un accoutrement saugrenu, afin qu'on ne le reconnût pas. Avec de l'herbe, il s'était confectionné une perruque verte et avait teint sa peau en bleu. Un pagne bariolé lui tombait jusqu'aux pieds. Il gigotait sans cesse en poussant de grands cris, les yeux louchants et les doigts écartés.

Un « oooooh » de surprise salua cette apparition qui, assurément, n'avait rien d'humain.

Bogda tira la langue au chat, comme s'il se fût agi d'un salut fort courtois, puis articula d'une voix saccadée :

– Les habitants de la Lune envoient leur très humble ambassadeur à Sa Majesté, et l'invitent cordialement à lui rendre visite.

En fait, le plan du petit potier était simple : enfermer le tyran dans la jarre et, sous prétexte de le faire envoler dans le ciel, l'aller noyer à la rivière. Mais les choses se passèrent différemment, car le chat se tourna vers son Premier ministre et, d'un miaulement, signifia sa réponse.

– Il n'y a pas d'habitants sur la Lune, traduisit aussitôt le ministre. Tu n'es qu'un coquin, et je te condamne à être confit dans ta jarre avec du miel !

Une rumeur effarée accueillit la sentence.

« Ah ça, se dit Bogda, comment cet animal a-t-il pu me percer à jour ? Il y a là un bien grand mystère ! »

Et tandis que les gardes se saisissaient de lui, il cria :

– D'où vous vient votre science, Seigneur ? Seriez-vous donc le Diable que vous n'ignoriez rien ?

À ces mots, brusquement, le chat cessa de sourire. Il poussa un miaulement terrible, hérissa son pelage et disparut dans une gerbe de feu, ne laissant derrière lui qu'un trône calciné.

Alors, les assistants comprirent brusquement.

– C'était le Diable, dirent-ils. Nous étions gouvernés par le Diable, et nous ne le savions pas ! Or, il suffisait qu'il fût démasqué pour perdre son pouvoir. Son sourire n'était autre que la satisfaction de duper ses sujets...

De grandes réjouissances saluèrent le départ du tyran, et Bogda, le clairvoyant petit potier, fut élu à sa place. Le nouveau souverain n'abusa jamais de son pouvoir, et son règne fut une ère de paix et de prospérité.

XIV

L'HOMME SANS VISAGE

IL ÉTAIT fort tard, ma foi. La mi-nuit était passée de deux heures au moins quand l'aubergiste de Stavelot, petite ville abbatiale[1] de la vallée de l'Amblève, ferma ses portes. Et les deux clients qui vidaient, depuis des heures, des verres de pecket[2] à son comptoir se retrouvèrent sur le trottoir.

Ces clients se nommaient Pancrace et

1. Ville abbatiale : bâtie autour d'une abbaye.

2. Pecket : alcool de genièvre, très prisé dans les Ardennes belges.

Anselme. Le premier était fermier, le second rétameur, et ils fêtaient à leur manière quelque bonne vente à la foire du lieu. Les voyant s'éloigner en titubant, l'aubergiste, bon prince, leur demanda où ils allaient et s'ils étaient en état de s'y rendre.

– Nous regagnons Trois-Pont, notre village, répondit l'un.

– De l'autre côté de la forêt, ajouta l'autre.

– Prenez garde, dit l'aubergiste, les bois sont hantés par un homme sans visage. Nul ne s'y risque une fois la nuit tombée.

– Qu'est-ce que c'est donc que cet homme-là ? s'étonnèrent les compères qui, n'étant pas du pays, n'en avaient jamais entendu parler.

– Un esprit malin, qui a pris cette apparence pour que, ne discernant pas ses traits, on ne puisse deviner ses méchantes intentions. Maintes fois, nos moines ont tenté de l'expulser, à coup d'eau bénite et de paternôtres[1],

1. Paternôtres : terme vieilli et un peu ironique désignant les prières.

mais en vain. Cette forêt est son domaine, il y a élu domicile une fois pour toutes, et il faudrait l'intervention du grand saint Lambert en personne pour l'en déloger. Or, saint Lambert a mieux à faire que de descendre du paradis chasser de nos contrées les diabloteaux qui y pullulent... Vous feriez mieux de dormir ici, il me reste une chambre avec deux bons lits. Ainsi, vous rentrerez chez vous demain matin, frais et dispos, sans risquer de mauvaises rencontres.

Ces propos étaient sages, mais nos deux compères ne voulurent rien entendre.

– Holà, aubergiste, je te vois venir ! s'écria Anselme. Tu cherches à nous faire peur afin de nous louer tes puciers[1] ! Nous t'avons déjà laissé la moitié de nos gains, te faut-il encore l'autre ?

– Une belle femme m'attend chez moi, sur l'oreiller, ajouta Pancrace. Et sa compagnie

1. Pucier : mauvais lit en langage familier.

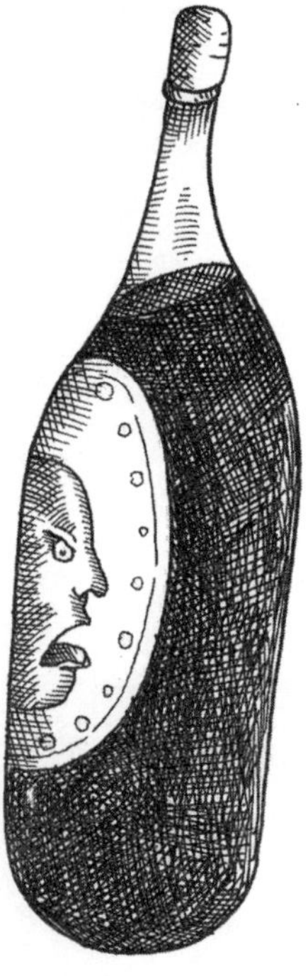

m'agrée plus que celle d'un rétameur, pour passer la nuit !

Et de partir d'un grand éclat de rire, tant il est vrai que la boisson fait perdre toute notion du danger.

– À votre guise, dit l'aubergiste, mais souvenez-vous : si vous rencontrez l'homme sans visage, fermez vos yeux, bouchez vos oreilles, et poursuivez votre chemin sans vous retourner. En aucun cas ne lui adressez la parole, ou de grands malheurs s'abattront sur vous !

Pancrace et Anselme promirent tout ce qu'on voulut. Promesse d'ivrognes, évidemment ! À peine sous le couvert des arbres, ils avaient déjà tout oublié et, pour tromper l'ennui de la route, se cherchaient mutuellement querelle. Car non seulement l'ivresse délie les langues, mais elle les rend fourchues.

– Je suis plus riche que toi, compagnon ! se vantait Anselme. J'ai dans mon armoire, sous les piles de draps, une cassette remplie d'écus jusqu'à ras bord !

– Et moi, répondait Pancrace, je possède deux belles vaches. L'une d'elles donne tant de lait qu'elle pourrait nourrir les Ardennes entières. Quant à l'autre, on vient de Flandres et de Campine pour voir ses veaux, tant ils sont gras !

Anselme lui lançait des regards venimeux.

– Cause toujours, fanfaron ! Tes vaches merveilleuses ne sont que de vieilles carnes, et s'il me fallait te les acheter, je n'en donnerais pas vingt sols !

– Cela te ressemble bien, vilain grippe-sou ! persiflait Pancrace. Même sous la torture, tu ne délierais point les cordons de ta bourse. Ta femme s'est plainte à la mienne que, pour Noël, tu ne lui offrais ni souliers neufs ni cotte brodée, et qu'elle traînait encore son vieux bonnet de mariée, tout ravaudé de partout.

– Mensonges ! fulminait Anselme. Calomnies que tout cela ! C'est la jalousie qui parle par ta bouche, bougre d'âne bâté. Et je m'en vais tantôt te botter le cul pour t'apprendre à médire !

Ainsi donc se chamaillaient-ils tout en cheminant, quand une voix s'éleva des profondeurs de l'ombre :

– Qui vous rend si hardis de troubler mon repos, voyageurs ?

Et surgit devant eux l'homme sans visage.

Cet homme avait étrange allure, car sa face était lisse comme la paume de la main. Ni yeux, ni nez, ni bouche ne la modelaient, les joues étaient absentes ainsi que le menton. Quant aux oreilles, on n'en apercevait pas trace. Et c'était une chose entre toutes effroyable que cette voix, ce regard, cette ouïe émanant d'organes inexistants. Car, nul doute là-dessus, l'homme sans visage parlait, voyait et entendait.

Il y avait, sans conteste, diablerie là-dessous. Mais nos larrons, échauffés par la brouille autant que par l'alcool, ne jouissaient plus de toute leur raison. Au lieu de suivre le conseil de l'aubergiste et de fuir ventre à terre, ils s'adressèrent au nouveau venu.

– Vous tombez bien, messire, dirent-ils. Nous réglons quelque différend, voulez-vous être notre arbitre ?

– Volontiers, répondit l'homme sans visage. La solitude me pèse, car les êtres humains, d'ordinaire, me fuient. Vous départager me divertira. En quoi consiste votre litige ?

– Ce gourgandin se prétend plus riche que moi, déclara Pancrace. Alors qu'il est seulement avare comme Harpagon[1] !

– C'est le dépit qui anime la langue de ce sacripant, se défendit Anselme. Imaginez, messire, qu'il ne possède que deux vaches !

– Elles valent bien plus que tes écus imaginaires, vilain drôle ! Au moins, elles existent, elles ! Et en vendant leur lait, je puis offrir de beaux habits à ma femme au lieu de la laisser courir comme une souillon !

1. Harpagon : nom de l'avare, dans la comédie de Molière. Ce terme est passé dans le langage courant.

– Fort bien, dit l'homme sans visage qui s'amusait beaucoup. Vous êtes deux belles canailles, à ce qu'il me semble, aussi vais-je vous mettre d'accord à ma manière. Faites un vœu, je l'exaucerai.

Cette proposition laissa nos compères pantois.

– L'on vous a présenté à nous comme un démon, s'écrièrent-ils. Quelle erreur ! Voilà que vous nous faites des cadeaux, à présent !

– UN cadeau, rectifia l'homme sans visage. J'ai parlé d'un vœu, non de deux. Un seul d'entre vous y aura donc droit, pas l'autre.

– Voilà qui ne risque point de nous réconcilier, remarqua Anselme.

– Et pourquoi donc ? Il suffit que vous vous entendiez sur la nature de ce souhait, pour le partager ensuite !

– Moi, partager avec ce rustre ? s'exclama Pancrace. Plutôt mourir !

– C'est également mon avis, assura Anselme.

– Vous êtes donc du même avis, pour une fois, dit l'homme sans visage. Cela me plaît, et afin de vous récompenser, je m'en vais faire à mon tour un effort. Chacun de vous repartira avec son dû, sans que la part de l'un n'entame la part de l'autre. Cela vous convient-il ?

L'esprit obscurci par l'alcool, Pancrace et Anselme ne perçurent pas l'ironie du ton.

– Décidez entre vous de qui va formuler le vœu, poursuivit l'homme sans visage. Il obtiendra aussitôt ce qu'il réclame, tandis que son compagnon en recevra le double.

Il fallut un moment aux deux ivrognes pour comprendre l'astuce.

– Si je demande cent louis d'or, dit enfin Anselme, Pancrace en aura deux cents ?

– Si je demande mille vaches, ajouta Pancrace, Anselme en aura deux mille ?

L'homme sans visage se mit à rire.

– C'est cela même. Mais hâtez-vous : au chant du coq, je disparaîtrai, et alors, adieu la fortune !

Les deux compères se consultèrent, fort troublés.

– À toi l'honneur, ami, déclara Pancrace. Tu es le plus jeune.

– Non, commence plutôt, car je respecte le droit d'aînesse, répondit Anselme.

– Je n'en ferai rien. D'ailleurs, étant plus riche que moi, la priorité te revient d'office.

– Je ne suis point riche, c'était un mensonge. Tes vaches valent cent fois le contenu de mes coffres !

– Mes vaches ? Parlons-en ! Je les ai menées hier au boucher, car elles n'avaient plus que la peau sur les os.

Et la discussion reprit en sens contraire. Bientôt, nos larrons en vinrent aux mains.

– Vas-tu te décider ? disait l'un, en saisissant son compère au collet. Le jour va paraître !

– Décide-toi, toi-même ! répondait l'autre, usant sans ménagement de ses pieds et de ses poings.

Soudain, au plus fort du combat, le chant du coq retentit au loin.

– Je dois m'en aller, dit l'homme sans visage. Faites votre vœu dans l'instant ou il sera trop tard.

Anselme était hors de lui. Dans son cœur, le désir de vengeance surpassait maintenant l'appât du gain.

– Que mon œil gauche se ferme à jamais ! cria-t-il.

Et aussitôt il devint borgne. Dans le même temps, Pancrace perdit la vue.

– Bonne chance, imbéciles ! fit l'homme sans visage en les plantant là. Vous auriez pu devenir riches, et par sottise, vous voilà bien plus misérables qu'avant ! Vous avez mérité le sort qui vous accable. Et ne m'accusez point, moi qui ne voulais que votre bien, car les seuls responsables de votre infortune, c'est bien vous et vous seuls !

Longtemps, son rire moqueur résonna sous la voûte étoilée.

Ce matin-là, l'aurore se leva sur deux pauvres ères, trébuchant le long de la route de Trois-Pont. Le borgne menait l'aveugle, et d'une même voix, tous deux se lamentaient sur leur sort.

– Voyez ces infirmes comme ils s'épaulent bien ! disaient les gens, émus, en les voyant passer. Et quelle entente admirable règne entre eux !

Puis d'ajouter, joignant les mains : *Quand deux pôves s'aidè, li Bon Dju n'è reie* [1]

---

1. Vieux proverbe wallon signifiant : « Quand deux pauvres s'entraident, le Bon Dieu rit. »

XV

LES VEILLEURS DE L'ABÎME

LE CRÉPUSCULE tombait, noyant les monts d'Alleberg d'ombres mauves, et Wilhem pestait tout en pressant son âne. Il s'était trop attardé en ville, et pour bien peu de chose : des dix sacs de blé noir dont il espérait tirer un bon prix, il lui en restait cinq, entassés dans sa charrette.

Greta, sa femme, allait encore geindre et se lamenter. Les temps étaient durs et l'argent manquait à la ferme. Wilhem recompta, une fois de plus, ses maigres gains, et soupira tout haut :

– Ah, que n'ai-je vendu toute ma récolte ! Mon blé est pourtant le meilleur d'Autriche, et pour les strüdels[1], il n'a pas son pareil.

Au même moment, une voix pointue troubla le silence :

– Strüdel ! Strüdel ! Strüdel !

Wilhem crut tout d'abord à un écho, car il n'y avait personne à des lieues à la ronde. Mais quand d'autres voix reprirent à leur tour « strüdel, strüdel, strüdel », il lui fallut bien se rendre à l'évidence, il n'était plus tout seul.

Ce n'était pourtant pas l'âne qui causait de la sorte !

Tout à son étonnement, le brave homme vit soudain un petit monstre noir bondir sur sa charrette. Cela lui fit grand-peur.

Le monstre était à peine plus grand qu'un écureuil, d'une maigreur effrayante, et portait barbe blanche et bonnet pointu. Ses gestes

---

1. Strüdel : pâtisserie locale.

étaient si vifs qu'on avait peine à les suivre des yeux, et il faisait des bonds prodigieux pour sa taille.

– Strüdel, strüdel, répétait-il en gigotant comme un beau diable. Est-ce toi, paysan, qui parles de strüdel ?

– Qui es-tu donc, étrange petit homme ? s'enquit Wilhem, le premier émoi passé.

– Je suis un troll. Mon peuple et moi vivons dans les trous de la roche, et nous jouons des tours aux voyageurs nocturnes. Mais tu transportes du blé noir, et les strüdels sont notre aliment favori. Donne-nous tes sacs et nous te laisserons partir en paix.

– Ah ça, quelle audace ! s'écria Wilhem. J'ai trimé pour récolter ce grain, et tout travail mérite salaire. Si tu veux mes sacs, achète-les ! Je te les cède pour dix sols chaque, c'est la moitié de ce qu'ils valent.

Le troll se gratta le crâne sous son bonnet.

– Cela demande réflexion, dit-il. Je m'en vais consulter mes frères.

Et il sauta de la charrette pour se perdre dans la nuit. Wilhem aussitôt fouetta son baudet.

– Au trot, Grison, fuyons ces créatures qui ne me disent rien qui vaille !

Mais à peine eut-il fait trois pas que le troll revint.

– Nous n'avons pas d'argent, expliqua-t-il, mais le seigneur d'Alleberg, lui, en a. Il est de nos amis. Allons à sa demeure et il t'achètera ton blé, en bonne monnaie sonnante et trébuchante.

La tentation était grande et, bien qu'à demi rassuré, Wilhem y céda. Il eût, d'ailleurs, été bien en peine d'agir autrement : tandis qu'il marchandait, le paysage s'était empli de trolls, et il en venait sans cesse de nouveaux. Fausser compagnie à une telle escorte n'était pas dans ses cordes, surtout avec une charrette branlante et un seul âne pour la tirer !

Mieux valait faire contre mauvaise fortune bon cœur.

– Montrez-moi le chemin, dit notre homme,

raffermissant sa voix autant qu'il le pouvait.

Et de s'engager, à la suite de la troupe, vers des sentes montagnardes dont il ignorait jusqu'alors l'existence.

– Passe par ce goulet, lui ordonna soudain son guide.

La faille était étroite, la muraille escarpée. Aucun rayon de lune n'y pénétrait, si bien que Wilhem n'apercevait même plus les oreilles de son âne. Mais les trolls lui ouvraient la route. Ces créatures voient dans le noir, à la manière des chats, et leurs yeux lumineux, tels des feux follets, piquetaient l'obscurité de mille lueurs vertes.

C'est dans cet équipage qu'ils parvinrent au château.

Ce dernier était bâti sur un plateau rocheux, dans une sorte de crique au cœur de la montagne. Des remparts naturels le protégeaient des regards, si bien que nul, dans le pays, n'aurait pu seulement soupçonner sa présence. Wilhem, fort étonné, franchit le pont-levis qui enjambait le ravin – un gouffre vertigineux, tenant lieu de douves – et pénétra dans une grande cour carrée, où ne se trouvait âme qui vive.

Derrière lui, les grilles se refermèrent avec un bruit sourd.

– Te voilà à notre merci, dit le troll, partant d'un rire sarcastique. Car le seigneur de ce château n'a nul besoin de ton blé : il dort depuis des siècles avec ses onze compagnons et ne s'éveillera pas de sitôt. Nous, en revanche, avons élu domicile en ce lieu, plus confortable que nos grottes et nos cavernes. Les cuisines y sont fort commodes, et dotées de fours spacieux. Ton blé sera le bienvenu... et toi de même !

Mille rires se joignirent au sien et, voyant grouiller les petits gnomes dans la pénombre, Wilhem eut l'impression d'être cerné par des rats. Il se mit aussitôt à trembler.

– Que comptez-vous faire de moi ? demanda-t-il.

– Les oreilles frites ont un goût délicieux,

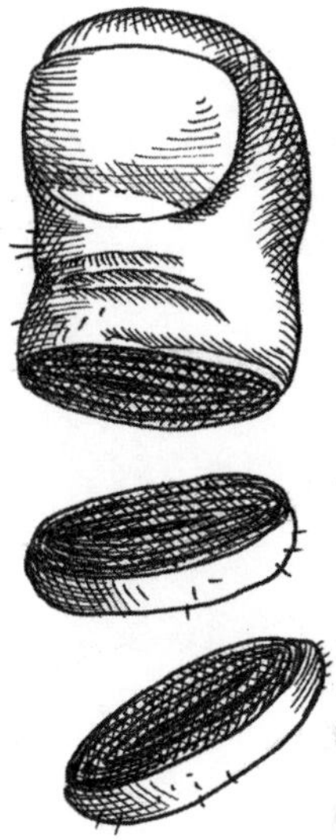

lui fut-il répondu. Les doigts rôtis et les yeux confits également. Quant aux orteils, en fricassée, c'est un délice !

Saisi d'horreur, le malheureux Wilhem prit ses jambes à son cou, poursuivi par la troupe ricanante. Et comme une porte s'ouvrait devant lui, dans le flanc de la bâtisse, il y pénétra derechef.

L'endroit où il parvint était le plus effarant qu'on pût imaginer. Dans une vaste salle au plafond voûté, soutenu par des colonnades, se trouvaient douze chevaliers géants. Tous en armes et portant armure, haume et bouclier, ils entouraient une immense table ronde, et demeuraient parfaitement immobiles.

D'abord, Wilhem les prit pour des statues, mais à bien y regarder, leur texture n'était pas celle de la pierre. Leurs mains avaient la douceur de la peau, leurs épées la dureté du fer. Ils ne semblaient point morts, car la mort défigure et transforme en squelette, mais plutôt plongés dans un profond sommeil.

Notre homme n'eut pas le temps d'examiner plus avant sa découverte, car déjà les trolls l'avaient rejoint et dansaient la sarabande autour de lui. Et tout en produisant, avec la bouche, les bruits que l'on émet devant un bon repas, ils lui pinçaient les cuisses et les mollets de leurs ongles crochus.

– Chevaliers, au secours ! se mit à crier Wilhem.

Et les trolls de rire de plus belle.

– Ménage ta salive, paysan, ils ne peuvent t'entendre ! Ce sont les veilleurs de l'abîme. Le ciel, les trouvant trop barbares de leur vivant, les a condamnés pour l'éternité à monter la garde sur la vallée. Un seul mot a le pouvoir de les éveiller, mais d'ici là, et si tant est qu'un jour ce mot soit prononcé, ils demeureront aussi raides que des rocs.

N'ayant d'autre choix que de vendre chèrement sa vie, Wilhem arracha alors l'épée d'un chevalier et, en traçant des moulinets en l'air –

car il ignorait tout du maniement des armes –, se mit à crier :

– Ah, vous voulez la guerre, vilains drôles ! Eh bien, vous l'aurez. Tant pis pour vous si je vous estropie, si je vous décapite et si je vous démembre !

À peine avait-il prononcé ces paroles que, dans un grand fracas, les géants s'animèrent. Et c'était un spectacle entre tous effroyable que ces masses gigantesques et bardées de métal se mettant lentement en marche. On eût dit que des pans de montagne prenaient vie !

– Il a dit le mot ! hurlèrent les trolls avant de s'enfuir en débandade, telle une volée de moineaux devant un épouvantail.

Emporté par le flot des fuyards, Wilhem courait à perdre haleine, car les veilleurs de l'abîme détruisaient tout sur leur passage.

Nombre de trolls y laissèrent leur vie. Wilhem ne dut son salut qu'à la vélocité du petit âne gris qui l'emporta, ainsi que quelques rescapés, à travers les sentes escarpées, loin du carnage.

Ayant regagné des lieux plus cléments, le fermier et les trolls, devenus amis devant le péril commun, se séparèrent.

– Quel était le mot magique ? demanda Wilhem avant de reprendre sa route.

– Le mot « guerre », répondirent les trolls. Lui seul était suffisamment effroyable pour tirer les géants de leur sommeil éternel. Car c'est un mot qui crie vengeance au ciel, et en l'entendant, la Vierge pleure !

Au loin, la montagne d'Alleberg vibrait, comme sous l'effet d'un tremblement de terre. Il y eut, cette nuit-là, tant d'éboulements que, dans les villages alentour, plusieurs maisons furent écrasées. Mais tout cela n'est rien à côté des cris que poussa Greta, quand elle vit rentrer son homme sans sa charrette et ayant perdu cinq sacs de blé noir !

Postface

Lorsque j'étais petite, j'adorais avoir peur. Hélas, en ce qui concernait la lecture, du moins, les adultes me refusaient ce plaisir. Ils le trouvaient malsain. Il n'y avait donc aucun roman d'épouvante, dans ma bibliothèque. D'ailleurs, j'aurais été bien en peine d'en acheter en librairie : on en publiait peu, et encore moins pour la jeunesse.

Dans ma quête de sensations fortes, je m'étais pourtant trouvé des alliés, et pas n'importe lesquels : Grimm, Andersen, Perrault... Et, à travers eux, cette tradition orale qui perdure depuis la nuit des temps, se plaisant à entrouvrir, pour les enfants d'hier et même d'avant-hier, la délicieuse porte du cauchemar...

Je me mis donc à dévorer les contes. Grimm, Perrault, Andersen, bien sûr, mais également des légendes africaines, amérindiennes, maghrébines, celtes, extrême-orientales, des récits de l'Antiquité, du Moyen Âge... Bref, en dépit des préjugés de mon entourage, loups-garous, sorcières, spectres et démons peuplèrent bientôt mes nuits blanches de peurs bleues, trouilles vertes et rires jaunes. Je leur en serai toujours reconnaissante, ainsi qu'à ceux – auteurs bien souvent anonymes – qui surent les préserver de l'oubli.

Aujourd'hui, à mon tour, je suis partie à la pêche au frisson.

J'ai creusé ma mémoire pour en extraire les histoires maléfiques qui m'enchantèrent jadis. Les voici, réinterprétées, peut-être, dépoussiérées, sûrement (n'est-ce pas le propre des légendes d'évoluer sans cesse, au fil des bouches qui les racontent ?), mais toujours efficaces, toujours vivantes. Et, je l'espère, malgré la concurrence du cinéma gore[1] et de ses effets spéciaux, toujours porteuses de ce « froid dans le dos » dont les vrais amateurs d'horreur ne se lassent pas.

---

1. Cinéma gore : cinéma d'épouvante utilisant beaucoup d'effets spéciaux, de préférence sanglants.

Bibliographie

Étrangetés et diableries en pays comtois, Rolande Redouté-Renaudeau (REPP).

Dictionnaire du Diable et de la démonologie, J. Tondriau et R. Villeneuve (Marabout université).

Dictionnaire des superstitions, Sophie Lasne et André Pascal Gaultier (Sand).

Guide du Paris mystérieux (Tchou).

L'Univers diabolique, R. Villeneuve (Marabout).

Contes populaires italiens, Italo Calvino (Denoël).

La Petite Fadette, George Sand.

365 contes, Muriel Bloch (Hatier).

La Semaine de Suzette, recueil 1951-52 (Gautier-Languereau).

Gudule

Je suis née à Bruxelles en 1945. J'y ai vécu jusqu'à dix-neuf ans. Enfant solitaire, habitant une vieille maison dans un quartier peuplé de bouquinistes et de musées, j'ai très vite développé un imaginaire débridé, ainsi qu'une passion immodérée pour la lecture. Je lisais absolument tout ce qui me tombait sous la main, et lorsque je ne lisais pas, j'écrivais. La Belgique, patrie de Jean Ray[1] et de Michel de Ghelderode[2], m'a donné très tôt le goût de l'étrange et de l'irrationnel. Mon enfance a été bercée par des récits où la peur tenait une grande place. Vers douze ans, la découverte des poètes (Rimbaud, Baudelaire, Verhaeren, Victor Hugo entre autres, mais également tous les contemporains) est sans doute mon plus grand choc émotionnel.

Entre 1950 et 1965, j'écris plus de quatre cents poèmes, et une bonne dizaine de romans. Je ne vis que par et à travers les livres, allant jusqu'à dormir avec « mes » poètes comme d'autres gamins avec leur ours en peluche, et à faire semblant d'être malade pour ne pas aller à l'école et rester bouquiner. Très mauvaise scolarité : j'écris au lieu de suivre les cours.

---

1. Ray (Raymond De Kremer, dit Jean) (1887-1964) : romancier belge d'expression française et néerlandaise. Il a écrit de nombreux romans fantastiques, surnaturels et d'épouvante, dans lesquels l'humour est omniprésent.

2. Michel de Ghelderode (1898-1962) : écrivain belge d'expression française, dont l'œuvre est essentiellement fantastique et mystique.

Vaille que vaille, je fais quand même trois ans de latin chez les sœurs, pour me diriger ensuite vers les Arts-déco.

Mon premier roman digne de ce nom – c'est-à-dire comportant un nombre de pages suffisant et une intrigue menée de manière correcte – voit le jour en 1957, l'année de ma sixième. Mais il me faudra attendre 1987 pour que soit enfin réalisé mon grand rêve : être publiée. Entre-temps, j'aurai pratiqué nombre de petits métiers, allant de la vente au porte-à-porte à la mise en couleur de B.D., et de la création de costumes de théâtre au journalisme. J'aurai également beaucoup voyagé – au Moyen-Orient, en particulier, mais également en Amérique du Sud et aux Antilles –, je me serai mariée et serai devenue mère de trois enfants. Aujourd'hui, après ce parcours mouvementé, j'ai enfin atteint mon but : vivre exclusivement de l'écriture de mes livres.

Parmi les ouvrages du même auteur

Aux Éditions Nathan :
L'école qui n'existait pas (Pleine Lune, 1994 ; Lune Noire 1997)
Prix Graine de lecteurs de Dieppe 1996
Prix des Écoles de Sucy-en-Brie 1996
Prix Jeunesse de Lagny 1997
Le manège de l'oubli (Pleine Lune 1997 ; Lune Noire 1998)
Prix littéraire des trois vallées 1998
Prix Tatoulu 1998
Au secours, je suis invisible ! (Lune Noire, 1997)
Destination Cauchemar (Lune Noire, 1998)
La Boutique maléfique (Lune Noire, 1999)
(concours Plume en Herbe 1998)
La poupée aux yeux vivants (Lune Noire, 1999)
On a un monstre dans la classe (Pleine Lune, 1999)

Parmi les ouvrages du même auteur (suite)

Chez d'autres éditeurs :

Les poilantes aventures de René, le virus (Bayard, Délires, 1996)
La vie à reculons (Hachette-Jeunesse, Livre de poche, 1994)
La bibliothécaire (Hachette-Jeunesse, Livre de poche, 1995)
L'envers du décor (Hachette-Jeunesse, Livre de poche, 1996)
Le château des chiens perdus
(Hachette-Jeunesse, Livre de poche cadet, 1996)
Les frousses de Zoé (Hachette, Bibliothèque Rose, 1996-97-98)
Le jour où Marion devint un lapin (Hachette, Livre de poche, 1998)
Au Gringo's bar (Syros, 1998)
J'irai dormir au fond du puits (Grasset, 1999)
Qui hante la tour morte (Magnard, 1999)
L'amour en chaussettes (Thierry Magnier, 1999)

Emmanuelle Houdart

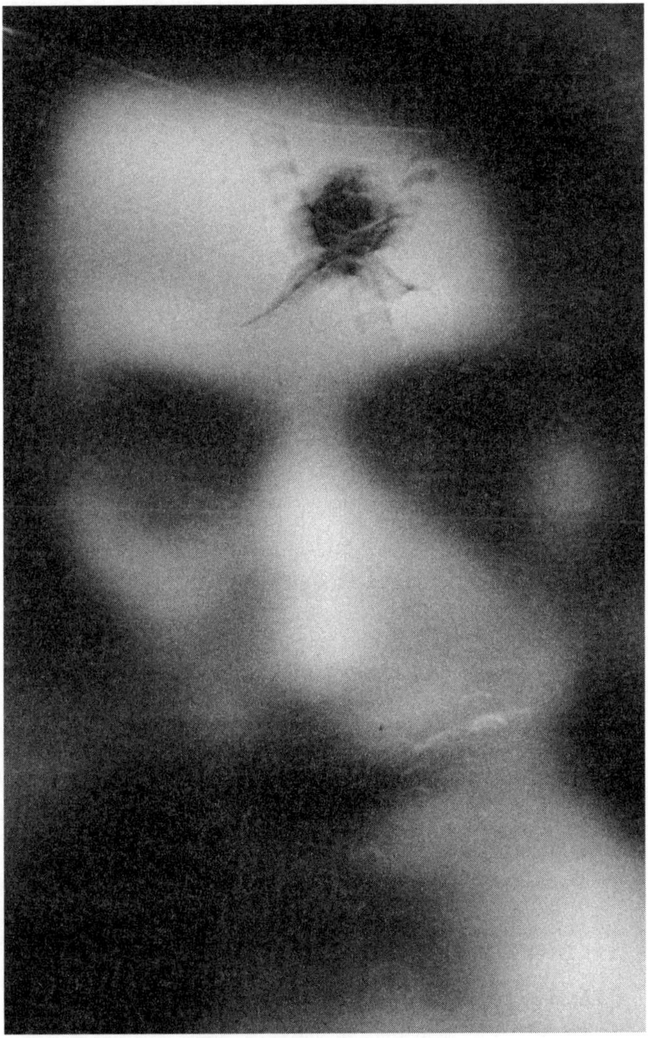

Emmanuelle Houdart photographiée par Pascal Houdart

Dans la même collection

Contes et Légendes d'Alsace,
Jacques Lindecker.
Contes et Légendes d'Auvergne,
Jean-Pierre Siméon.
Contes et Légendes du Berry,
Danielle Bassez.
Contes et Légendes de Bretagne,
Yves Pinguilly.
Contes et Légendes de Normandie,
Yoland Simon.
Contes et Légendes du Périgord,
Michel et Dany Jeury.
Contes et Légendes du Poitou et des Charentes,
Denis Montebello.
Contes et Légendes de Provence,
Jean-Marie Barnaud.

Contes et Légendes d'Afrique d'ouest en est,
Yves Pinguilly.
Contes et Légendes autour de la Méditerranée,
Claire Derouin.
Contes et Légendes du temps des Pyramides,
Christian Jacq.
Contes et Légendes du Québec,
Charles Le Blanc.
Contes et Légendes de Suisse,
Christophe Gallaz.

Contes et Légendes de l'An Mil,
Claude Cénac.
Contes et Légendes de l'An 2000,
Collectif.
Contes et Légendes des Chevaliers de la Table Ronde,
Jacqueline Mirande.

Contes et Légendes - Les douze travaux d'Hercule,
Christian Grenier.
Contes et Légendes de l'Égypte ancienne,
Brigitte Évano.
Contes et Légendes de l'Europe médiévale,
Gilles Massardier.
Contes et Légendes des Héros du Moyen Âge,
Gilles Massardier.
Contes et Légendes des Héros de la Mythologie,
Christian Grenier.
Contes et Légendes - L'Iliade,
Jean Martin.
Contes et Légendes - Les Métamorphoses d'Ovide,
Laurence Gillot.
Contes et Légendes du Moyen Âge,
Jacqueline Mirande.
Contes et Légendes de la Mythologie grecque,
Claude Pouzadoux.
Contes et Légendes de la Naissance de Rome,
François Sautereau.
Contes et Légendes - L'Odyssée,
Jean Martin.

Contes et Récits - Les Pionniers de l'Automobile,
Serge Bellu.
Contes et Récits de la conquête du Ciel et de l'Espace,
Christian Grenier.

N° d'éditeur 10080281
Dépôt légal : Octobre 2000
Loi n° 49 956 du 16 juillet 1949
sur les publications destinées à la Jeunesse
MAME Imprimeurs à Tours (n° 00012100)
ISBN 2.09 282034-6